어린이와 어른이 함께 읽는 영시

옮긴이 **송옥**

서울 출생. 고려대학교에서 영문학을 공부한 후,

미국 센트럴 워싱턴 대학(Central Washington University)에서

아동드라마로 석사학위를 받고,

오레곤 주립대학(University of Oregon)에서 희곡문학으로 박사학위를 받았다.

한국현대영미드라마학회회장과 고전르네상스영문학회회장을 역임했으며,

고려대학교 영어교육과 교수를 지낸 후,

현재 고려대학교 영어교육과 명예교수로 있다.

저술에는 "*Oedipus Rex*와 비극정신"

"*Teaching Shakespeare*: 텍스트와 무대"

"*The Ghost Sonata*에 나타난 소나타형식의 영향" 등 많은 논문 이외에,

창작 시화집 『참새들의 연가』와 『비극과 희극, 그 의미와 형식』(공편),

『메데이아』, 『영국단막극선집』 등의 저서들이 있다.

어린이와 어른이 함께 읽는 영시

English Poetry for Children and Adults

발행일 ∣ 2012년 5월 10일
옮긴이 ∣ 송옥
발행인 ∣ 이성모
등록 ∣ 제1-1599호
발행처 ∣ 도서출판 동인
주소 ∣ 서울시 종로구 명륜동 2가 237 아남주상복합Ⓐ 118호
TEL ∣ (02) 765-7145
FAX ∣ (02) 765-7165
E-mail ∣ dongin60@chollian.net
Homepage ∣ donginbook.co.kr

가격 : 12,000원

ISBN   978-89-5506-504-6   03840

어린이와 어른이 함께 읽는 영시

English Poetry
for Children and Adults

송옥 옮김

도서출판 | 동인

■ 일러두기

본문에서 괄호 속의 숫자 표기는 언급된 시의 내용이 담긴
이 책의 면(page)을 가리킨다.

여섯 동생들에게 늘 헌신적인
우리의 베니 언니(박혜숙 권사님)에게
사랑과 존경과 감사를 담아
이 책을 헌정합니다.

책을 내면서

역자는 고려대학교에서 영미아동문학과 영미청소년문학을 여러 해 동안 가르쳐 오면서, 특히 시를 읽는 것이 청소년들의 정서 함양에 중요함을 더욱 인식하게 되었습니다. 인류 사상 누구나 즐겨한 문학 형태가 시이고, 시를 좋아한 흔적은 글을 몰랐던 조상에게서도 발견되고, 어른·아이 모두 즐거워한 증거는 어디든 있습니다. 시는 우리 인생을 바꾸어 놓을 수 있습니다. 시 안에서 우리는 세상을 해설해 주고 이해할 수 있게 도와 주는 글자와 이미지를 발견합니다. 시인들은 우리가 평소의 경험, 생각, 감정을 무언가 기억될 만한 것으로 변화시켜 줍니다. 시는 밭을 경작할 때 고랑을 일구듯, 종이 위에 한 줄 한 줄 글로 조각하는 작업입니다. 이처럼 시는 산문과 다릅니다.

이 책에 수록된 영시는 쉬운 어린이 시에서부터 어른이 읽어도 어려울 수 있는 복잡한 시까지 폭 넓게 걸쳐 있습니다. 독자는 혹 왜 연령 한계를 짓지 않고 책을 꾸미는지에 대해서 의아해 할지 모릅니다. 이 책을 만들게 된 동기는 어른과 아이가 서로 떨어져, 고립되어 시의 아름다움을 발견하고 즐기는 개별적인 노력이나 행위보다는 어른과 아이가 함께 시를 읽으면서, 삶의 현장에서 시적 경험이 세대를 가로질러 공유하는 모습을 찾는 데 있습니다. 시를 읽는 즐거움의 자리가 구체적 삶의 자아 발견, 자아 성숙의 교육적 현장이 될 수 있기를 바라봅니다.

우리 시에도 어린이를 위한 좋은 시들이 많은데 왜 영시를 굳이 번역하여 읽히려 하는가? 영어 교육에 관심이 많은 이 시대에 영시를 통한 영어에의 접근을 의도했습니다. 역자의 생각으로는, 나이가 어려도 영어를 읽을 줄 안다면, 어려운 문장도 읽어 봄으로써 다양한 글을 익히는 과정이 나쁠 것은 없다고 생각합니다. 셰익스피어의 글에 담긴 심오한 뜻을 어린이가 알기는 어렵겠지만, 셰익스피어의 글을 접함으로써 거리감을 좁혀 줄 수 있다고 봅니다. 어른은 어린이가 단순하다고 생각하기 쉽습니다. 어린이는 결코 단순하지 않습니다. 기쁨, 슬픔, 삶과 죽음의 현상과 느낌을 그도 압니다. 아이는 애완 동물의 죽음을 통해 부모의 죽음을 미리 체험키도 하고 인내와 용기를 배우기도 합니다. 어린이는 유연합니다. 니체의 말을 빌리면 "초인의 경지"에 있다고 볼 수 있습니다. 어린이가 받아들이는 느낌과 감동은 어쩌면 자연 그 자체입니다. 그래서 시인은 "아이는 어른의 아버지(The Child is father of the Man)"라고 읊고 있습니다. 우리는 어려서는 빨리 어른이 되고 싶어하면서, 아이러니하게도 막상 어른이 되면 어린이의 마음, 그 순수하고 신선한 어린 시절을 그리워합니다.

이 책을 꾸미면서 독자에게 주문하고 싶은 것이 있습니다. 시를 읽을 때는 반드시 소리내어 읽어 줄 것을 바랍니다. 시는 소리내어 읽을 때 독특한 힘이 생기기 때문입니다. 시는 음악과 같아서 우리의 귀를 즐겁게 두드립니다. 모든 문화에서 시의 기원이 글로 쓰이기 이

전에 나타났던 사실을 상기하면 쉽게 이해되는 부분입니다. 시인은 소리에 민감합니다. 시를 눈으로만 읽을 경우, 시가 지닌 음악과 그 의미를 놓칠 수 있습니다. 어린이에게 시를 가까이 해 줄 책임은 어른에게 있습니다. 어른도 어린이처럼 때로는 시를 두려워하기 때문에 큰 소리로 읽는 습관이 필요합니다. 그러나 우리의 마음이 시에 끌리는 큰 이유 중 하나는 시의 분위기 조성에 도움을 주는 멜로디와 율동 때문이라고 생각합니다.

시의 기적은 어느 시인이 말한 것처럼 "장미가 아니라 장미의 향기"를 체험하는 것입니다. 그것이 시입니다. 시는 어린이와 청소년에게 앞으로 더 전진하고 도달해야 할 마음과 정신을 연마케 해 줍니다. 우리 삶에서 이상을 갖도록 용기를 주고 이를 유지하는 것이 얼마나 중요한가를, 랭스턴 휴즈는 그의 "Dreams"에서 들려 주고 있습니다. 또한 시를 사랑하는 삶은, 컨클링의 표현대로, "기억을 되살리면 다시 살아나는/ 잊혀져 사라진 아름다움"을 더듬고 싶어합니다. 그리고 어린이와 청소년은 시를 기억하고 마음에 새깁니다.

역자는 독자들에게 약간이나마 도움을 주기 위해서 "영시의 이해"란 제목의 글을 이 책 뒤쪽에 부록으로 담고 있습니다. 어른이 읽고 어린이에게 도움을 줄 수 있기를 바라는 뜻에서입니다. 우리가 운동 경기를 관람할 때, 게임의 법칙을 알면 경기를 더 즐길 수 있는 것과 마찬가지로 시를 읽는 방법을 알면 시에 대한 이해와 감상 폭을 더욱 넓힐 수 있습니다.

끝으로, 이 책을 만들면서 감사할 분들이 있습니다. 역자는 몇

해 전부터 가까운 친지들과 함께 매년 조촐한 시낭송회를 역자의 집에서 열고 있습니다. 이분들 가운데 특별히 이번 작업에 적극적으로 도움을 주시고, 시 선정 과정에서부터 꼼꼼히 조언해 주신 유희준·박혜숙·민명기·박용순·김남희 선생님께 감사드립니다. 그리고 이 책의 성격 규명에 의미를 갖도록 일깨워 주신 백정국 교수와 편집에 수고를 많이 해 주신 정숙형 선생님께 감사하며, 또한 수록된 저자의 수가 서른넷이나 되는 이 어려운 출판을 기꺼이 진행해 주신 동인의 이성모 사장님과 표지를 맡아 주신 이영순 선생님께 남다른 감사의 뜻을 표합니다.

2012년 5월

송옥

차례

Ah, that is home—
"where Mother is."

아, 그렇지, 집이란—
"어머니가 계신 곳이지."

Hey, Diddle, Diddle*

from *Mother Goose***

Hey, diddle, diddle!

The cat and the fiddle.

The cow jumped over the moon;

The little dog laughed

To see such sport,

And the dish ran away with the spoon.

* 이 동요 내용은 순수한 난센스이다.
미국의 닐 암스트롱은 1969년 최초로 달 위를 걸었던 우주비행사이다.
이 역사적인 사건 당시 미국에는 이런 조크가 있었다.
"The cow jumped over the moon but didn't make it."
암스트롱이 달나라에서 소 뼈다귀를 발견하였다는 농담으로,
결국 "Hey, Diddle, Diddle"의 소는 달을 뛰어넘는데 실패하고 넘어져서
달 위에 떨어졌다는 우수갯소리이다.
** Mother Goose: 영국 고래(古來)의 민간 동요집의 전설적 작가;
그 동요집.

어이, 빈들이, 빈들이!

『마더 구스』

어이, 빈들이, 빈들이!
고양이와 깽깽이
소가 달을 뛰어넘었단다.
그런 재주를 보고
강아지는 소리내어 웃었고
접시는 숟가락과 함께 달아났단다.

Humpty Dumpty*

from *Mother Goose*

28

Humpty Dumpty sat on a wall,

Humpty Dumpty had a great fall;

All the king's horses and all the king's men

Couldn't put Humpty together again.

---

* Humpty Dumpty는 계란을 의인화한 것으로,
담장에서 떨어져 깨지는, 동요집에 나오는 커다란 계란 모양의 인물이다.
한번 넘어지면 일어서지 못하는 사람을 일컫기도 하고,
미국에서는 낙선이 뻔한 후보자를 가리키는 속어로도 쓰인다.

험프티 덤프티

『마더 구스』

험프티 덤프티 담장에 앉았네.
험프티 덤프티 굴러 떨어졌네.
임금님의 모든 말〔馬〕도 임금님의 모든 병사도
험프티를 제 모습으로 돌려 놓지 못했다네.

The Three Little Kittens

Eliza Lee Follen*

Three little kittens lost their mittens;

And they began to cry,

"Oh, mother dear,

We have much fear

That we have lost our mittens."

"Lost your mittens!

You naughty kittens!

Then you shall have no pie!"

"Mee-ow, mee-ow, mee-ow."

The three little kittens found their mittens;

And they began to cry,

"Oh, mother dear,

See here, see here!

See, we have found our mittens!"

"Put on your mittens,

You silly kittens,

꼬마 고양이 세 마리

엘리자 리 폴른

꼬마 고양이 세 마리가 장갑을 잃어버렸습니다.

그리고는 울기 시작했습니다.

　“오, 엄마,

　우리가 아무래도

장갑을 잃어버렸나 봐요.”

　“장갑을 잃어버렸다고!

　말썽꾸러기 고양이들아,

그렇다면 이제 너희 먹을 파이는 없다!”

　“야옹, 야옹, 야옹.”

꼬마 고양이 세 마리가 장갑을 찾았습니다.

그리고는 소리지르기 시작했습니다.

　“오, 엄마,

　여길 보세요, 여길 보세요!

보세요, 우리가 장갑을 찾았어요!”

　“장갑을 끼어라,

　어리석은 애들아,

And you may have some pie."

"Purr-r, purr-r, purr-r,

Oh, let us have the pie!

Purr-r, purr-r, purr-r."

The three little kittens put on their mittens,

And soon ate up the pie;

"Oh, mother dear,

We greatly fear

That we have soiled our mittens!"

"Soiled your mittens!

You naughty kittens!"

Then they began to sigh,

"Mee-ow, mee-ow, mee-ow."

Then they began to sigh,

"Mee-ow, mee-ow, mee-ow."

The three little kittens they washed their mittens,

And hung them out to dry;

"Oh, mother dear,

Do not you hear

That we have washed our mittens?"

그래, 파이 좀 먹으렴."
　　"야미, 야미, 야미,
오, 우리 파이 먹자!
　　야미, 야미, 야미."

꼬마 고양이 세 마리는 장갑을 끼었습니다.
　그리고는 파이를 이내 먹어 치웠습니다.
　　"오, 엄마,
　　　우리가 장갑을 더럽혔어요.
어쩌면 좋아요!"
　　"장갑을 더럽혔다고!
　　이 말썽꾸러기 고양이들!"
　그러자 고양이들은 한숨짓기 시작했어요.
　　"야옹, 야옹, 야옹."
　그러자 고양이들은 한숨짓기 시작했어요.
　　"야옹, 야옹, 야옹."

꼬마 고양이 세 마리는 장갑을 빨았습니다.
　그리고는 말리려고 밖에 널었습니다.
　　"오, 엄마,
　　　우리들이 장갑 빠는 소리를
듣지 못하셨나요?"

"Washed your mittens!

Oh, you are good kittens!

But I smell a rat close by,

Hush, hush! Mee-ow, mee-ow."

"We smell a rat close by.

Mee-ow, mee-ow, mee-ow."

* Eliza Lee (Cabot) Follen(1787~1860): 미국의 여성 작가;
숫자 "3"은 아동문학과 신화·민담·동요에 자주 나타나는 마술적 숫자이다.
"The Three Bears", "The Three Little Pigs", "Three Witches",
"Three Men in a Tub" 등 그 예는 수없이 많다.

“장갑을 빨았다고!

오, 착한 고양이들아!

그런데 가까이서 쥐 냄새가 난다.

조용히 해! 조용히! 야옹, 야옹.”

“가까이서 쥐 냄새가 나네요.

야옹, 야옹, 야옹.”

Home Is Where Mother Is

Henry van Dyke*

A child was asked,
"Where is your home?"
The little fellow replied,
"Where Mother is."
Ah, that is home—
"where Mother is."

But every house where
Love abides
And friendship is a guest,
Is surely home,
and home sweet home,
For there the heart can rest.

* Henry (Jackson) van Dyke(1852~1933): 미국의 작가 · 교육자 · 목사.

집이란 어머니가 계신 곳

헨리 반 다이크

한 아이에게 물었다
"너희 집은 어디냐?"
꼬마가 대답하길
　　"어머니가 계신 곳이요."
　　아, 그렇지, 집이란—
　　"어머니가 계신 곳이지."

그러나 어디나
　　사랑이 있고 친구가
환대 받는 곳이면
　　거기가 진짜 집이지
　　집 즐겁고 따듯한 집
거기선 마음 편히 쉴 수 있으니.

Andre

Gwendolyn Brooks*

I had a dream last night. I dreamed

I had to pick a Mother out.

I had to choose a Father too.

At first I wondered what to do,

There were so many there, it seemed.

Short and tall and thin and stout.

But just before I sprang awake,

I knew what parents I would take.

And *this* surprised and made me glad:

They were the ones I always had!

＊ Gwendolyn Brooks(1917~2000): 미국의 여성 시인 · 소설가;
　　흑인 여성으로 첫 퓰리처상 수상; 일리노이 주의 계관 시인(1967~2000).
　cf. 퓰리처상(The Pulitzer Prize): 문학, 음악, 산문, 잡지계에
　　우수한 업적을 남긴 미국 시민에게 매년 수여된다.

안드레

궨돌린 브룩스

지난밤 꿈을 꾸었어요. 꿈에

나는 엄마를 한 사람 골라야 했고

아빠도 골라야 했어요

처음에는 어떤 부모를 택할지 망설였지요.

키가 작은 사람, 큰 사람, 마른 사람, 땅땅한 사람

후보들이 너무 많았거든요.

그러나 벌떡 잠에서 깨기 전

내가 누구를 선택하는지 알았어요.

놀랍고 기뻤던 것은

그들은 바로 내 엄마 아빠였답니다!

Cynthia in the Snow

Gwendolyn Brooks

It SUSHES.

It hushes

The loudness in the road.

It flitter — twitters,

And laughs away from me.

It laughs a lovely whiteness,

And whitely whirls away,

To be

Some otherwhere,

Still white as milk or shirts.

So beautiful it hurts.

눈 속의 신시아

궨돌린 브룩스

갑자기 조용해진다.

눈은 거리의 소음을

잠재운다.

훨훨 들떠서 날아다닌다.

그리고는 소리내어 웃으며 내게서 멀어진다.

아름다운 하얀 웃음소리를 내며

하얗게 휘날린다.

우윳빛처럼 흰 셔츠처럼 여전히 하얗게

어디론가 다른 곳으로

가려고.

너무나 아름다워 아프다.

Infant Joy

William Blake*

"I have no name,

I am but two days old."

What shall I call thee?

"I happy am,

Joy is my name."

Sweet joy befall thee!

Pretty joy!

Sweet joy but two days old,

Sweet joy I call thee;

Thou dost smile,

I sing the while—

Sweet joy befall thee.

* William Blake(1757~1827): 영국의 시인 · 판화가 · 화가.

갓난아기 기쁨이

윌리엄 블레이크

"나는 이름이 없어요.

태어난 지 겨우 이틀 됐어요."

너를 뭐라고 부를까?

"난 행복해요

내 이름은 기쁨이에요."

달콤한 기쁨이 너에게 가득하기를!

어여쁜 기쁨아!

태어난 지 겨우 이틀 된 달콤한 기쁨,

너를 달콤한 기쁨이라 부르자

너는 환히 웃고

나는 노래 부르고—

달콤한 기쁨이 너에게 가득하기를.

Slippery

Carl Sandburg*

The six month child

Fresh from the tub

Wriggles in our hands.

This is our fish child.

Giver her a nickname: Slippery

* Carl Sandburg(1878~1967): 미국의 시인 · 전기 작가;
  풀리처상 2회 수상; 미국 일리노이 주의 첫 계관 시인(1962~1967).

미끌이

칼 샌드버그

욕조에서 갓 나온
여섯 달 배기 갓난이
우리들 손 안에서 꿈틀거리네.
물고기 같은 우리 집 계집아이
별명을 붙여 주자: 미끌이라고.

Fog

Carl Sandburg

The fog comes
on little cat feet.

It sits looking
over harbor and city
on silent haunches
and then moves on.

안개

칼 샌드버그

안개가 온다.
작은 고양이 발걸음으로

안개는 항구와 도시를
내려다본다.
웅크린 자세로 소리 없이
그리고는 다시 옮겨 간다.

Everybody Says

Dorothy Aldis*

48

Everybody says

I look just like my mother.

Everybody says

I'm the image of Aunt Bee.

Everybody says

My nose is like my father's

But I want to look like me.

* Dorothy Aldis(1896~1966): 미국의 여성 아동작가.

모두들 말해요

도로시 얼디스

모두들 말해요

나는 엄마를 꼭 닮았대요.

모두들 말해요

나는 비이 아줌마를 닮았대요.

모두들 말해요

내 코는 아빠 코를 닮았대요.

그렇지만 나는 나처럼 보이기를 원해요.

Song

Eugene Field*

Why do bells for Christmas ring?

Why do little children sing?

Once a lovely shining star,

Seen by shepherds from afar,

Gently moved until its light

Made a manger's cradle bright.

There a darling baby lay,

Pillowed soft upon the hay;

And its mother sang and smiled,

"This is Christ, the holy Child!"

Therefore bells for Christmas ring,

Therefore little children sing.

* Eugene Field(1850~1895): 미국의 아동작가.

찬가

유진 필드

크리스마스 종소리는 왜 울리나요?
아이들은 노래를 왜 부르나요?

옛적 아름답게 빛나는 별 하나
멀리서 목자들이 보았지.
그 별은 서서히 움직여
어느 마구간에 멈추어 구유를 비췄지.

거기엔 귀여운 아기
건초 위에 조용히 누워 있었지.
"이 아기는 그리스도, 성스러운 아이라오"
아기 엄마가 노래하고 미소 지었지.

그래서 크리스마스 종소리는 울리고
그래서 아이들은 노래 부른다.

JUNE!

Frances Frost*

The day is warm

and a breeze is blowing,

the sky is blue

and its eye is glowing,

and everything's new

and green and growing...

My shoes are off

and my socks are showing...

My socks are off...

Do you know how I'm going?

BAREFOOT!

* Frances Frost(1905~1959): 미국의 여성 시인 · 소설가.

유월!

프란시스 프로스트

날씨는 따스하고

바람은 산들 불어

푸르른 하늘에

태양은 눈부시고

온 세상 새롭게

초록으로 자라나네…

구두를 벗으니

양말이 드러나고…

양말을 벗으니…

내가 어떤 모습으로 가는지 아세요?

맨발로!

School Is Over

Kate Greenaway*

School is over,

    Oh, what fun!

Lessons finished,

    Play begun.

Who'll run fastest,

    You or I?

Who'll laugh loudest?

    Let us try.

* Kate Greenaway(1846~1901): 영국의 여성 아동작가 · 삽화가.

54

방학이다

케이트 그리너웨이

방학이다
　　신난다!
공부를 마치고
　　이제는 놀기 시작
누가 제일 빨리 뛰나,
　　너일까 나일까?
누가 제일 크게 웃나?
　　우리 한번 웃어 보자

Little Brother's Secret

Katherine Mansfield*

When my birthday was coming

Little brother had a secret:

He kept it for days and days

And just hummed a little tune when I asked him.

But one night it rained

And I woke up and heard him crying:

Then he told me.

"I planted two lumps of sugar in your garden

Because you love it so frightfully.

I thought there would be a whole sugar tree

    for your birthday.

And now it will all be melted."

O the darling!

* Katherine Mansfield(1888~1923): 본명은 Kathleen Mansfield Beauchamp;
뉴질랜드 출생의 영국 여성 작가.

어린 남동생의 비밀

캐서린 맨스필드

내 생일이 다가올 즈음

어린 남동생은 비밀이 있었어요.

비밀을 몇 날 며칠 간직하더니

내가 물어 보면 조그맣게 콧노래로 흥얼댈 뿐.

그러던 어느 날 밤 비가 왔어요.

깨어 보니 동생이 울고 있겠지요.

그리고는 내게 말하기를

"누나가 설탕을 너무 좋아해서

설탕나무를 선물하려고

정원에 설탕 두 덩어리를 심었거든.

그런데 다 녹아 버릴 거야."

오 귀여운 내 동생!

Full Moon

Walter de la Mare*

One night as Dick lay fast asleep,
　　Into his drowsy eyes
A great still light began to creep
　　From out the silent skies.
It was the lovely moon's, for when
　　he raised his dreamy head.

Her surge of silver filled the pane
　　And streamed across his bed.
So, for awhile, each gaged at each—
　　Dick and the solemn moon—
Till, climbing slowly on her way,
　　She vanished, and was gone.

보름달

월터 들러 메어

딕이 졸린 눈을 감고
　　깊이 잠들었던 어느 날 밤
커다란 빛 하나 몰래 소리 없이
　　고요한 하늘에서 숨어 들었네.
꿈결 속에 머리를 들어 보니
　　그것은 달빛이었네.

은빛 파동은 창틀을 가득 메우고
　　딕의 침대를 가로지르니
딕과 엄숙한 달님—
　　둘은 서로 한동안 마주 보았네—
천천히 올라온 달님이
　　멀리 사라져 버릴 때까지

Fish

William J. Smith*

Look at the fish!
Look at the fish!

Look at the fish that is blue and green,
Look at the fish that is tangerine!
Look at the fish that is gold and black
With monocled eye and big humpback!
Look at the fish with ring in his nose,
And a mouth he can not open or close!
Look at the fish with lavender stripes
And long front teeth like organ pipes,
And fins that are finer than Irish lace.
Look at that funny grin on his face,
Look at him swimming all over the place!

Look at the fish!
Look at the fish!

물고기

월리엄 J. 스미스

물고기 좀 보세요!

물고기 좀 보세요!

파란색에 초록빛 나는 물고기 좀 보세요!

오렌지색 물고기 좀 보세요!

금색과 검정색에 한 눈은 단알 안경 끼고

등이 불쑥 올라온 물고기 좀 보세요!

코에는 동그라미가 그려지고

입은 열지도 닫지도 못하는 물고기 좀 보세요!

보라색 줄무늬에 앞니는

오르간 파이프처럼 길고 지느러미는

아일랜드 레이스보다 더 고운 물고기 좀 보세요.

얼굴에는 익살스런 웃음을 띠고

사방을 헤엄쳐 다니는 저 물고기 좀 보세요!

물고기 좀 보세요!

물고기 좀 보세요!

Look at the fish!

They are so beautiful!

62

물고기 좀 보세요!

모두 모두 너무 아름다워요!

Mud

Polly Chase Boyden*

Mud is very nice to feel —

All squishy-squash between the toes.

I'd rather wade in wiggly mud

Than smell a yellow rose.

Nobody else but the rosebush knows

How nice mud feels

Between the toes.

* Polly Chase Boyden(?~?): 20세기 초에서 중엽에 걸쳐 활동한
미국 시카고 출신의 여성 아동작가.

진흙

폴리 체이스 보이든

발가락 사이로 미끌미끌—
질퍽거리는 진흙 느낌이 참 좋다
노랑 장미 향내 맡기보다는
질펀한 진흙 밟기를 난 더 좋아한다.

발가락 사이로
느껴지는 근사한 진흙 맛
누구보다 장미 덤불이 제일 잘 알지.

Firefly

Elizabeth Madox Roberts*

A little light is going by,

Is going up to see the sky,

A little light with wings.

I never could have thought of it,

To have a little bug all lit

And made to go on wings.

* Elizabeth Madox Roberts(1881~1941): 미국의 여성 소설가 · 시인.

개똥벌레

엘리자베스 매독스 로버츠

작은 빛이 지나가네.
하늘을 보겠노라
날개 달고 올라가네.

난 생각도 못 해 본 일
불을 밝히고 날아다니다니
작은 벌레가

The People

Elizabeth Madox Roberts

The ants are walking under the ground,

And the pigeons are flying over the steeple,

And in between are the people.

사람들

엘리자베스 매독스 로버츠

땅 밑에는 개미들이 기어다니고
뾰족 탑 위로는 비둘기들 날고
그리고 그 사이에 사람들이 있다.

Water

Hilda Conkling*

The world runs softly

Not to spill its lakes and river.

The water is held in its arms

And the sky is held in the water.

What is water,

That pours silver,

And can hold the sky?

* Hilda Conkling(1910~1986): 미국의 여성 아동작가.

물

힐다 컨클링

세상은 부드럽게 돌아가지요
호수와 강물이 넘치지 않게
두 팔로 물을 안고서
그리고 하늘은 물 속에 안겨 있어요.
은빛 쏟아 놓으며
하늘을 붙잡고 있는
저 물은 무엇일까요?

Loveliness

Hilda Conkling

72

Loveliness that dies when I forget

Comes alive when I remember.

아름다움

힐다 컨클링

잊혀져 사라진 아름다움
기억을 되살리면 다시 살아나는

April

Christina Rossetti*

The days are clear,

    Day after day,

When April's here,

    That leads to May,

And June

Must follow soon:

    Stay, June, stay!—

If only we could stop the moon

And June!

* Christina (Georgina) Rossetti(1830~1894): 영국의 여성 시인.

사월

크리스티나 로세티

매일같이
　　날씨는 청명하니
사월이 오면
　　오월도 오리라
뒤쫓아
유월이 따르리니
　　섯거라, 유월아, 섯거라!—
저 달을 붙잡아 둘 수만 있다면
그리고 유월도!

Mix a Pancake

Christina Rossetti

Mix a pancake,
 Stir a pancake,
 Pop it in the pan;
Fry the pancake,
Toss the pancake, —
 Catch it if you can.

팬케이크를 만들어라

크리스티나 로세티

팬케이크 반죽을 만들어라
　　반죽을 저어라
　　팬에다 부어라
팬케이크를 구워라
팬케이크를 던져 올려라—
　　어디 한번 받아 보아라.

Who Has Seen the Wind

Christina Rossetti

Who has seen the wind?
   Neither I nor you:
But when the leaves hang trembling
   The wind is passing thro'.

Who has seen the wind?
   Neither you nor I:
But when the trees bow down their heads
   The wind is passing by.

누가 바람을 보았나요

크리스티나 로세티

누가 바람을 보았나요?
　　나도 아니고 당신도 아니지요.
그러나 나뭇잎이 떨고 있으면
　　바람이 통과하고 있는 것을.

누가 바람을 보았나요?
　　당신도 아니고 나도 아니지요.
그러나 나무가 머리 숙여 절하면
　　바람이 나무를 스쳐 가고 있는 것을.

Anchovy Season

Once a year

When the moon is full

And the tide is high,

Shoals of anchovy

Swarm to the shore,

Thousands upon thousands of them.

Islanders in hundreds

Throng to the shore

To greet the anchovy

With a strainer in one hand

And a basket in the other.

Immersing into the clamour,

Children jump up and down

Over rocks, over fish,

With one shoe on and one shoe in hand,

멸치잡이 계절

송옥

일 년에 한 번

달이 차고

만조가 되면

한 무리

수만 마리 멸치떼

바닷가로 몰려오네.

수많은 섬사람

바닷가로 달려가네.

멸치를 맞이하러

한 손엔 망태를

한 손엔 바구니를 들고

어른들 아우성 속으로

아이들도 뛰어드네.

바위 넘고 물고기 넘어

신 한 짝은 발에 걸고 한 짝은 손에 들고

In the shimmer of the moon and anchovy.

Once a year

When the moon is full

And the tide is high,

Shoals of anchovy

Welcome islanders,

Thousands upon thousands of them.

* Oak Song(1944~): 고려대학교 영어교육과 명예교수.

달과 멸치 하나 되어 반짝이는 물 속으로

일 년에 한 번
달이 차고
만조가 되면
한 무리
수만 마리 멸치떼
섬사람 반기려 밀려오네.

Whispers

Myra Cohn Livingston*

Whispers

    tickle through your ear

    telling things you like to hear.

Whispers

    are as soft as skin

    letting little words curl in.

Whispers

    come so they can blow

    secrets others never know.

* Myra Cohn Livingston(1926~1996): 미국의 여성 아동작가.

귓속말

마이라 콘 리빙스턴

귓속말은

　　당신이 듣고 싶은 말로

　　귀를 간지럽히지요.

귓속말은

　　피부처럼 부드럽게

　　당신의 살을 파고들지요.

귓속말은

　　다른 사람이 모르는 비밀을

　　널리 퍼뜨리지요.

Doorbells

Rachel Field*

You never know with a doorbell

Who may be ringing it —

It may be Great Aunt Cynthia

To spend the day and knit;

It may be a peddler with things to sell

(I'll buy some when I'm older),

Or the grocer's boy with his apron on

And a basket on his shoulder;

It may be the old umbrella-man

Giving his queer, cracked call,

Or a lady dressed in rustly silk,

With a card-case and parasol.

Doorbells are like a magic game,

Or the grab-bag at a fair —

You never know when you hear one ring

Who may be waiting there!

* Rachel Field(1894~1942): 미국의 여성 아동작가.

초인종 소리

레이첼 필드

초인종 소리가 울리면

　　누가 왔는지 모르지요—

신시아 할머니가 뜨개질감 들고

　　하루를 보내러 오셨는지

물건 팔러 온 행상인지

　　(난 어른이 되면 물건을 사줄 거예요)

에이프론 두른 채로 물건 바구니를 어깨에 메고 온

　　반찬가게 심부름꾼 소년인지

아니면 이상스레 갈라진 소리를 내는

　　나이 든 우산장수 아저씨일 수도 있고요.

아니면 카드놀이 상자와 양산을 손에 들고

　　바스락거리는 비단옷 입은 부인일 수도 있어요.

초인종 소리는 마술 놀이 같아요.

　　장날 보물 뽑기 주머니 같기도 해요.

초인종 소리가 나면 알 수 없지요

　　문 밖에 누가 왔는지.

I'd Like To Be a Lighthouse

Rachel Field

I'd like to be a lighthouse

All scrubbed and painted white.

I'd like to be a lighthouse

And stay awake all night

To keep my eye on everything

That sails my patch of sea;

I'd like to be a lighthouse

With the ships all watching me.

나는 등대가 되고 싶어요

레이첼 필드

나는 등대가 되고 싶어요.

박박 닦아 내고 온통 하얗게 칠한

그런 등대가 되고 싶어요.

밤새 깨어 앉아

나의 앞바다를 항해하는

모든 배를 놓치지 않고 볼 거예요

나는 등대가 되고 싶어요.

온갖 배들이 나를 지켜 보는 그런

City Rain

Rachel Field

Rain in the city!
    I love to see it fall
Slantwise where the buildings crowd
    Red brick and all.
Streets of shiny wetness
    Where the taxis go,
With people and the umbrellas all
    Bobbing to and fro.

Rain in the city!
    I love to hear it drip
When I am cozy in my room
    Snug as any ship,
With toys spread on the table,
    With a picture book or two,
And the rain like a rumbling tune that sings
    Through everything I do.

도시의 비

레이첼 필드

도시의 비!
　　　붉은 벽돌
밀집된 빌딩 사이로 비스듬히 내리는
　　　비를 보고 있으면 나는 좋아요.
택시들이 지나가고
　　　사람들과 우산들이
앞뒤로 맞물려
　　　반짝이는 젖은 거리

도시의 비!
　　　아늑히 정박해 있는 여느 배처럼
방에 앉아 포근히 내리는
　　　빗소릴 듣고 있으면 나는 좋아요.
상 위에는 장난감이 널려 있고
　　　한두 권 그림책도 있고
내가 무엇이든 하는 동안
　　　들려 오는 저 우르릉 곡조

Something Told the Wild Geese

Rachel Field

Something told the wild geese

It was time to go.

Though the fields lay golden

Something whispered, — "snow."

Leaves were green and stirring,

Berries luster-glossed,

But beneath warm feathers

Something cautioned, "Frost."

All the sagging orchards

Steamed with amber spice,

But each wild breast stiffened

At remembered ice.

Something told the wild geese

It was time to fly —

Summer sun was on their wings,

Winter in their cry.

기러기에게 들려 오는 소리

레이첼 필드

기러기떼에게 들려 오는 소리 있어

　　떠날 때가 됐다고

아직은 황금 들판 펼쳐 있으나

　　들려 오는 속삭임 — "눈발"

잎새들은 파랗게 산들거리고

　　산딸기는 윤기로 반짝이는데

그런데 따듯한 날개 아래

　　들리는 경고 소리, "서리"

열매로 휘청한 과수원은

　　황갈색 정취에 무르익건만

허나 기러기들 가슴마다

　　얼음을 기억하며 굳어졌다.

기러기떼에게 들려 오는 소리 있어

　　날아갈 때가 됐다고 —

여름날 햇볕은 날개 위에 따스한데

　　기러기 울음 속엔 겨울이 스며 온다.

Roads Go Ever Ever On

J. R. R. Tolkien*

Roads go ever ever on,

    Over rock and under tree,

By caves where never sun has shone,

    By streams that never find the sea;

Over snow by winter sown,

    And through the merry flowers of June,

Over grass and over stone,

    And under mountains in the moon.

* J(ohn) R(onald) R(euel) Tolkien(1892~1973): 영국의 문헌학자 · 판타지 작가.

끊이지 않는 길

J. R. R. 톨킨

길은 끊이지 않고 계속 이어진다.
　바위 위로 나무 아래로
햇빛 한 번 비치지 않는 동굴 옆으로
　바다 한 번 만나지 못하는 강 옆으로
겨우내 내린 눈 위로
　유월의 유쾌한 꽃들 사이로
풀 넘고 돌 너머
　그리고 달나라 산 아래로

Heaven

J. R. R. Tolkien

Heaven is

The place where

Happiness is

Everywhere.

하늘나라

J. R. R. 톨킨

하늘나라란
어느 곳에나
행복이
있는 곳

Afternoon on a Hill

Edna St. Vincent Millay*

I will be gladdest thing

    Under the sun!

I will touch a hundred flowers

    And not pick one.

I will look at cliffs and clouds

    With quiet eyes,

Watch the wind bow down the grass,

    And the grass rise.

And when lights begin to show

    Up from the town,

I will mark which must be mine,

    And then start down!

* Edna St. Vincent Millay(1892~1950): 미국의 여성 시인;
여성 시인에게 주어진 첫 퓰리처상 수상(1923).

언덕 위의 오후

에드나 세인트 빈센트 멀레이

난 이 세상에서
　　제일 행복한 사람일 거예요!
수백 개의 꽃을 만지기만 하고
　　한 송이도 꺾지 않을 거예요.

조용한 눈으로
　　해안 절벽과 구름을 바라보며
바람이 풀잎을 누이고
　　풀잎이 다시 일어나는 것을 지켜 볼 거예요.

그리고는 불빛이 하나 둘
　　마을에 보이기 시작하면
내 집이 어디쯤 있나 표해 두고
　　내려갈 거예요!

April Rain Song

Langston Hughes*

Let the rain kiss you.

Let the rain beat upon your head with silver liquid drops.

Let the rain sing you a lullaby.

The rain makes still pools on the sidewalk.

The rain makes running pools in the gutter.

The rain plays a little sleep-song on our roof at night —

And I love the rain.

---

* (James) Langston Hughes(1902~1967)：미국의 소설가 · 시인.

사월의 빗노래

랭스턴 휴즈

봄비가 당신께 입맞추게 하세요.

당신의 머리를 은빛 물방울이 두들기게 하세요.

당신을 위한 자장가를 부르게 하세요.

보도에는 소리 없는 물웅덩이를

도랑에는 콸콸대는 연못을

밤에는 지붕에서 작은 연주를 펼치는—

그런 비를 나는 좋아합니다.

Dreams

Langston Hughes

Hold fast to dreams

For if dreams die

Life is a broken-winged bird

That cannot fly.

Hold fast to dreams

For when dreams go

Life is a barren field

Frozen with snow.

꿈

랭스턴 휴즈

꿈을 굳게 잡고 나아가세요.

꿈이 죽으면

인생은 날개 부러진 새와 같아요.

하늘을 날 수 없는

꿈을 굳게 잡고 나아가세요.

꿈이 사라지면

인생은 황폐한 벌판과 같아요.

눈에 얼어붙은

The Year's at the Spring

Robert Browning*

The year's at the spring

And day's at the morn;

Morning's at seven;

The hillside's dew-pearled;

The lark's on the wing;

The snail's on the thorn:

God's in his heaven—

All's right with the world!

---

* Robert Browning(1812~1889): 영국의 시인.
  이 시는 브라우닝의 드라마 *Pippa Passes*에 나오는 대목이다.

때는 봄

로버트 브라우닝

때는 봄
봄날 아침
아침 일곱 시
언덕은 진주처럼 이슬 방울 빛나고
종달새는 높이 날고
달팽이는 산사나무 위로 기어가고
하늘에는 하나님이 계시니 —
세상만사 잘 어우러지네!

Morning

Emily Dickinson*

Will there really be a morning?

Is there such a thing as day?

Could I see it from the mountains

If I were as tall as they?

Has it feet like water-lilies?

Has it feathers like a bird?

Is it brought from famous countries

Of which I have never heard?

Oh, some scholar! Oh, some sailor!

Oh, some wise man from the skies!

Please to tell a little pilgrim

Where the place called morning lies!

* Emily (Elizabeth) Dickinson(1830~1886): 미국의 여성 시인.

아침

에밀리 디킨슨

아침이란 게 정말 있나요?
하루라고 하는 날이 있나요?
내 키가 산만큼 크면
산에서는 아침을 볼 수 있나요?

아침은 수련처럼 발이 달렸나요?
아침은 새처럼 깃털이 있나요?
내가 한 번도 들어 본 적 없는
유명한 나라에서 아침을 가져왔나요?

오, 대단한 학자여! 오 대담한 항해사여!
오, 하늘에서 내려온 위대한 현자여!
아침이라 불리는 곳이 어디 있는지
부디 어린 순례자에게 가르쳐 주세요.

I never saw a Moor

Emily Dickinson

I never saw a Moor —

I never saw the Sea —

Yet know I how the Heather looks

And what a Billow be.

I never spoke with God,

Nor visited in Heaven —

Yet certain am I of the spot

As if the Checks were given —

난 한 번도 황야를 본 적이 없어요

에밀리 디킨슨

난 한 번도 황야를 본 적이 없어요—

바다를 본 적도 없어요—

그래도 황야에 피어나는 헤더가 어떤 것인지

파도는 어떤 모양인지 알고 있지요.

난 하나님과 얘기해 본 적도 없고

하늘나라를 방문한 적도 없어요—

그래도 그 위치가 어딘지는

차표를 지닌 듯 알고 있지요—

I'm Nobody! Who are you?

Emily Dickinson

I'm Nobody! Who are you?

Are you — Nobody — Too?

Then there's a pair of us?

Don't tell! They'd advertise — you know!

How dreary — to be — Somebody!

How public — like a Frog —

To tell one's name — the livelong June —

To an admiring Bog!

난 무명인이에요! 당신은 누군가요?

에밀리 디킨슨

난 무명인이에요! 당신은 누군가요?

당신도—무명인—인가요?

그렇다면 우린 한 짝인가요?

아무 말 마세요! 저들이 우릴—소문 낼지 몰라요!

유명해지는 건—따분한 일!

개구리처럼—유월 내내—

저를 우러러보는 습지에 대고—

나요, 나요—소문 내는 지겨움!

A Bird came down the Walk

Emily Dickinson

A bird came down the Walk—

He did not know I saw

He bit an Angleworm in halves

And ate the fellow, raw,

And then he drank a Dew

From a convenient Grass—

And then hopped sidewise to the Wall

To let a Beetle pass—

He glanced with rapid eyes

That hurried all around—

They looked like frightened Beads, I thought—

He stirred his Velvet Head

Like one in danger, Cautious,

I offered him a Crumb

한 마리 새가 보도에 내려앉는다

에밀리 디킨슨

새 한 마리 보도에 내려앉는다—
내가 보고 있는 줄도 모르고—
새는 지렁이를 반씩 쪼아
먹었다. 그것도 날로

그리고는 가까운 잔디에서
이슬 한 방울 마시고—
비스듬히 벽 쪽으로 비켜섰다
딱정벌레가 지나갈 수 있게—

그는 황급히
주위를 살폈다—
두 눈은 놀란 구슬 같았다고 할까
벨벳 머리를 쫑긋 세우고

위험에 처한 것처럼. 조심스레
나는 빵 부스러기를 건네 주었다

And he unrolled his feathers

And rowed him softer home—

Than Oars divide the Ocean,

Too silver for a seam—

Or Butterflies, off Banks of Noon

Leap, plashless as they swim.

그러자 그는 깃털을 펴서
부드럽게 노를 젓듯 집으로 향했다—

반짝이는 은빛에 주름은 가려져—
바다를 가르는 노보다 부드럽게
한낮의 강둑을 살짝 뛰어 물소리도 내지 않고
헤엄쳐 가는 나비보다 부드럽게

Hope is the thing with feathers

Emily Dickinson

Hope is the thing with feathers

That perches in the soul,

And sings the tune without the words,

And never stops at all,

And sweetest in the gale is heard;

And sore must be the storm

That could abash the little bird

That kept so many warm.

I've heard it in the chillest land,

And on the strangest sea;

Yet, never, in extremity,

It asked a crumb of me.

희망은 깃털 달린 것

에밀리 디킨슨

희망은 깃털 달린 것
영혼의 횃대에 걸터앉아
가사 없는 곡조를 노래하며
결코 그칠 줄 모르니

강풍 속에서도 아주 달콤하게 들리네.
많은 이를 따스하게 지켜 준
그 작은 새를 당황케 하는
폭풍은 쓰라리기 마련.

희망은 차디찬 땅에서도
아주 낯선 바다에서도 들렸으니
궁지에 몰려도
빵 부스러기 하나 내게 구하지 않았네.

The Eagle: A Fragment

Alfred, Lord Tennyson*

He clasps the crag with crooked hands;
Close to the sun in lonely lands,
Ringed with the azure world, he stands.

The wrinkled sea beneath him crawls;
He watches from his mountain walls,
And like a thunderbolt he falls.

---

* Alfred, Lord Tennyson(1809~1892): 영국의 시인: 계관 시인(1850~1892).

독수리: 단편

앨프레드 테니슨

구부러진 발로 바위를 움켜잡고
태양 가까이 외로운 곳
창공에 싸여 그가 서 있다.

넘실대는 바다는 그의 발 아래 꿈틀대고
깎아지른 산에서 지켜 보던
그는 번개처럼 떨어진다.

Break, Break, Break

Alfred, Lord Tennyson

Break, break, break,

    On thy cold grey stones, O sea!

And I would that my tongue could utter

    The thoughts that arise in me.

O, well for the fisherman's boy,

    That he shouts with his sister at play!

O well for the sailor lad,

    That he sings in his boat on the bay!

And the stately ships go on

    To their haven under the hill;

But O for the touch of a vanished hand,

    And the sound of a voice that is still.

Break, break, break,

    At the foot of thy crags, O sea!

부서져라, 부서져라, 부서져라

앨프레드 테니슨

부서져라, 부서져라, 부서져라
　　너의 그 차가운 잿빛 바위에, 오 바다여!
내 안에 솟구치는 갖가지 생각들을
　　입으로 표현할 수만 있다면.

오 어부의 아들, 즐겁기도 해라
　　누나와 큰 소리로 놀고 있구나!
오 행복하기도 해라, 어린 사공,
　　포구의 작은 배를 타고 노래하누나!

거대한 배들이 잇따라 들어오네.
　　언덕 아래 항구를 향해
그러나 오 사라진 손길이여,
　　들리지 않는 목소리여!

부서져라, 부서져라, 부서져라
　　너의 그 절벽 밑으로, 오 바다여!

But the tender grace of a day that is dead

Will never come back to me.

그러나 가버린 그 정겨운 날이여
  다시는 내게 돌아올 수 없음이여.

We Real Cool

Gwendolyn Brooks

The Pool Player.

Seven At The Golden Shovel

     We real cool. We

     Left school. We

     Lurk late. We

     Strike straight. We

     Sing sin. We

     Thin gin. We

     Jazz June. We

     Die soon.

우린 정말 멋져

궨돌린 브룩스

골든셔불에서 당구 치는 7인의 청소년

우린 정말 멋져. 우린

학교도 중퇴했고, 우린

밤 늦도록 어슬렁대고, 우린

당구도 잘 치고, 우린

죄를 저지르고, 우린

술도 제법 마시고, 우린

유월엔 신나게 놀고, 우린

그리고는 일찍 죽거든.

The Lamb

William Blake

Little Lamb, who made thee?

Dost thou know who made thee?

Gave thee life & bid thee feed,

By the stream & o'er the mead;

Gave thee clothing of delight,

Softest clothing wooly bright;

Gave thee such a tender voice,

Making all the vales rejoice!

Little Lamb who made thee?

Dost thou know who made thee?

Little Lamb, I'll tell thee,

Little Lamb, I'll tell thee!

He is called by thy name,

For he calls himself a Lamb.

He is meek & he is mild,

He became a little child:

어린 양

윌리엄 블레이크

어린 양아, 누가 너를 만들었니?

누가 너를 만들었는지 너는 아니?

너에게 생명을 주고

시냇가 풀밭에 먹이를 주고

부드럽디 부드러운 복슬복슬 빛나는

기쁜 옷을 누가 너에게 주었는지 아니?

너에게 다정한 목소리를 주어

온 골짜기에 기쁨이 넘치게 하는 이가 누구지?

어린 양아 누가 너를 만들었니?

누가 너를 만들었는지 너는 아니?

어린 양아, 내가 말해 줄게.

어린 양아, 내가 말해 줄게!

그분은 너와 같은 이름으로 불리신단다.

그분은 자신을 어린 양이라고 부르시지.

그분은 양순하고 온유하시어

어린아이가 되신 거란다

I a child & thou a lamb,

We are called by his name.

    Little Lamb, God bless thee.

    Little Lamb, God bless thee.

나는 한 어린아이, 너는 한 어린 양,
우리는 그분의 이름으로 불린단다.
　　어린 양아, 하나님의 축복을 받아라.
　　어린 양아, 하나님의 축복을 받아라.

The Tiger[*]

William Blake

Tiger! Tiger! burning bright

In the forests of the night,

What immortal hand or eye

Could frame thy fearful symmetry?

In what distant deeps or skies

Burnt the fire of thine eyes?

On what wings dare he aspire?

What the hand, dare seize the fire?

And what shoulder, & what art,

Could twist the sinews of thy heart?

And when thy heart began to beat,

What dread hand? & what dread feet?

What the hammer? what the chain?

In what furnace was thy brain?

호랑이

윌리엄 블레이크

호랑아, 호랑아, 밤의 숲 속에서
이글이글 불타는 호랑아!
어떤 불멸의 손이 또는 눈이
너의 그 무서운 균형을 빚어 낼 수 있었을까?

어느 먼 깊은 바다에서 어느 하늘에서
네 두 눈의 불은 타고 있었는가?
어떤 날개로 그분은 과감히 날아오르나?
어떤 손이 대담하게 그 불을 붙잡는가?

어떤 어깨가, 어떤 기술이
네 심장의 힘줄을 비틀 수 있었을까?
그리고 네 심장이 뛰기 시작했을 때
어떤 무서운 손이? 어떤 무서운 발이?

어떤 망치가? 어떤 사슬이?
어떤 용광로 속에 너의 머리가 있었는가?

What the anvil? what dread grasp

Dare its deadly terrors clasp?

When the stars threw down their spears,

And water'd heaven with their tears,

Did he smile his work to see?

Did he who made the Lamb make thee?

Tiger! Tiger! burning bright

In the forests of the night,

What immortal hand or eye

Dare frame thy fearful symmetry?

* "The Lamb"(126)이 창조주에 대한 것처럼 이 시도 호랑이에 관한
것이면서 동시에 창조주에 관한 시이다. 천진난만하게 양을 노래한 시인이
여기서는 신에 대한 두려운 모습을 보여 준다.
양처럼 온순한 동물을 창조하신 하나님이
호랑이같이 무서운 동물도 지으셨느냐는 질문을 한다.

어떤 모루가? 어떤 무서운 손아귀가
그 무서운 공포를 감히 붙잡을 수 있는가?

별들이 그들의 창을 내던지고
그들의 눈물로 하늘나라를 적실 때
그분은 자신의 작품을 보고 미소 지었나?
어린 양을 만든 그분이 너를 만들었나?

호랑아. 호랑아, 밤의 숲 속에서
이글이글 불타는 호랑아!
어떤 불멸의 손이 또는 눈이
너의 그 무서운 균형을 감히 빚어 내는가?

A Minor Bird

Robert Frost*

I have wished a bird would fly away,

And not sing by my house all day;

Have clapped my hands at him from the door

When it seemed as if I could bear no more.

The fault must partly have been in me.

The bird was not to blame for his key.

And of course there must be something wrong

In wanting to silence any song.

* Robert (Lee) Frost(1874~1963): 미국의 시인: 퓰리처상 4회 수상.

작은 새

로버트 프로스트

나는 새가 날아가 주었으면 했다.
온종일 집 앞에서 지저귀지 말고

더 이상 참을 수 없을 때는
문에 나와 새를 향해 손뼉을 쳤다.

잘못은 어느 정도 내게도 있었으니
새의 가락을 탓할 게 아니지.

노래를 부르지 못하게 하는
그건 분명 잘못이지.

Dust of Snow

Robert Frost

The way a crow

Shook down on me

the dust of snow

From a hemlock tree,

Has given my heart

A change of mood

And saved some part

Of a day I had rued.

눈송이

로버트 프로스트

한 마리 까마귀가
솔송나무를 흔들어
내 머리에 떨어진
눈송이

내 마음에
변화를 안겨 주니
우울했던 하루의 기분
조금은 풀리네

Splinter

Carl Sandburg

The voice of the last cricket

across the first frost

is one kind of good-by.

It is so thin a splinter of singing.

부서진 소리

칼 샌드버그

첫 서리 내릴 때 들리는

마지막 귀뚜리 소리

이별을 알리는

가늘게 부서지는 노래 조각

Phizzog

Carl Sandburg

This face you got,

This here phizzog you carry around,

You never picked out for yourself, at all, at all

      —did you?

This here phizzog—somebody handed it to you

      —am I right?

Somebody said, "Here's yours, now go see what

      you can do with it."

Somebody slipped it to you and it was like a

      package marked:

"No goods exchanged after being taken away"—

      This face you got.

얼굴

칼 샌드버그

너의 그 얼굴

항상 달고 다니는 그 표정

네가 택한 게 결코, 결코 아니지.

　　—그렇지?

그 얼굴 표정 그건 누군가 너에게 넘겨 준 거야

　　—맞지?

누군가 말했어. "옛다, 네 얼굴이다. 그걸로

　　네가 무얼 할 수 있는지 두고 보거라."

누군가 슬쩍 그 얼굴을 너한테 디밀었어.

　　마치 "가져간 후 교환 불가"

라는 도장 찍힌 물건처럼—

　　그게 바로 네 얼굴이야.

Monotone

Carl Sandburg

The monotone of the rain is beautiful,

And the sudden rise and slow relapse

Of the long multitudinous rain.

The sun on the hills is beautiful,

Or a captured sunset sea-flung,

Bannered with fire and gold.

A face I know is beautiful—

With fire and gold of sky and sea,

And the peace of long warm rain.

단조로움

칼 샌드버그

단조로운 빗소리는 아름다워라
갑자기 빨라졌다 느려졌다
길게 이어지는 변화

언덕 위 햇빛은 아름다워라
황금빛 찬란히 바다에 드리운
지는 해도 아름다워라

내가 아는 어느 얼굴은 아름다워라—
하늘과 바다의 타오르는 황금빛
그리고 길고 따스한 비의 평화로움이 깃든

My Papa's Waltz

Theodore Roethke*

The whiskey on your breath

Could make a small boy dizzy;

But I hung on like death:

Such waltzing was not easy.

We romped until the pans

Slid from the kitchen shelf;

My mother's countenance

Could not unfrown itself.

The hand held my wrist

Was battered on one knuckle;

At every step you missed

My right ear scraped a buckle.

You beat time on my head

With a palm caked hard by dirt,

우리 아빠의 왈츠

시어도어 뢰드키

아빠의 숨결에 실린 위스키 냄새
어린 소년을 어지럽게 해요
그러나 나는 죽은 듯 매달려 있어요
그런 왈츠를 추기는 쉽지 않거든요

우리는 부엌 선반 위 냄비들이
미끄러져 내리기까지 요란하게 뛰며 춤췄고
엄마의 찡그린 얼굴은
펴지지 않았어요.

내 손목을 잡은 아빠 손의
손가락 관절 하나는 망가졌고
아빠가 발을 잘못 디딜 때마다
내 오른쪽 귀는 허리띠 버클에 찔렸어요.

아빠는 내 머리를 두드리며 박자를 맞췄지요.
찌들어 굳은 손바닥으로

Then waltzed me off to bed

Still clinging to your shirt.

146

* Theodore Roethke(1908~1963): 미국의 시인.

그리고는 아빠 셔츠에 여전히 매달려 있는 나를
침대로 데려다 주었어요. 왈츠를 추면서

The Little Boy Lost

William Blake

"Father, father, where are you going?
    Oh, do not walk so fast!
Speak, father, speak to your little boy,
    Or else I shall be lost."

The night was dark, no father was there,
    The child was wet with dew;
The mire was deep, and the child did weep,
    And away the vapour flew.

잃어버린 어린 소년

윌리엄 블레이크

"아버지, 아버지, 어딜 가세요?
　　그렇게 빨리 걷지 마세요!
아버지, 어린 아들에게 말 좀 해보세요.
　　제가 길을 잃겠어요."

밤은 어둡고 아버지는 안 보이는데
　　아이는 이슬에 젖어
늪 길 깊은 한가운데 서서 울고
　　안개는 휘날렸네.

The Little Boy Found

William Blake

The little boy lost in the lonely fen
Led by the wandering light,
Began to cry, but God, ever nigh,
Appeared like his father, in white.

He kissed the child, and by the hand led,
And to his mother brought,
Who in sorrow pale, through the lonely dale,
Her little boy weeping sought.

다시 찾은 어린 소년

윌리엄 블레이크

외딴 늪지에 길 잃은 어린 소년
　　불빛 따라 헤매다가
울기 시작했네. 그러나 늘 가까이 계신 하나님
　　흰 옷 입고 아버지처럼 나타나셨네.

아이에게 입맞추고 손을 이끌어
　　어머니한테 데려다 주셨네.
아들 찾아 외진 골짝 울며 헤매던
　　슬픔에 창백한 어머니에게로.

The Pasture

Robert Frost

I'm going out to clean the pasture spring;

I'll only stop to rake the leaves away

(and wait to watch the water clear, I may):

I sha'n't be gone long. — You come too.

I'm going out to fetch the little calf

That's standing by the mother. It's so young

It totters when she licks it with her tongue.

I sha'n't be gone long. — You come too.

목장

로버트 프로스트

목장 샘물을 청소하러 가려고요
그저 나뭇잎들이나 긁어 내려고요.
(물이 맑아지는 걸 지켜 볼지도 모르지요.)
오래 걸리지 않을 텐데— 같이 가시지요.

어미 소 옆에 있는 어린 송아지를
데려오려고요. 너무 어려서
어미가 핥아주면 비틀거려요.
오래 걸리지 않을 텐데— 같이 가시지요.

Nothing Gold Can Stay

Robert Frost

Nature's first green is gold,

Her hardest hue to hold.

Her early leaf's a flower;

But only so an hour,

Then leaf subsides to leaf.

So Eden sank to grief,

So dawn goes down to day.

Nothing gold can stay.

금빛은 오래 가지 못한다

로버트 프로스트

자연의 처음 초록은 금빛

잡아 두기 가장 어려운 색조

자연의 이른 잎사귀는 꽃

그러나 피어 있는 시간은 잠깐

그리고는 잎은 잎 위에 가라앉고

그렇게 에덴은 슬픔에 내려앉았고

그렇게 새벽은 대낮으로 내려간다.

금빛은 오래 가지 못한다.

Stopping by Woods on a Snowy Evening

Robert Frost

Whose woods these are I think I know.

His house is in the village though;

He will not see me stopping here

To watch his woods fill up with snow.

My little horse must think it queer

To stop without a farmhouse near

Between the woods and frozen lake

The darkest evening of the year.

He gives his harness bells a shake

To ask if there is some mistake.

The only other sound's the sweep

Of easy wind and downy flake.

The woods are lovely, dark and deep.

But I have promises to keep,

눈 오는 저녁 숲가에 멈춰 서서

로버트 프로스트

이 숲이 누구의 것인지 알 것 같다.
그러나 그의 집은 마을에 있다.
숲이 눈으로 덮이는 것을 바라보며
여기 서 있는 나를 그는 보지 못하리라.

내 조랑말이 이상스레 생각했나 보다
일 년 중 제일 어두운 저녁
근처에 농가 하나 없는
숲과 얼어붙은 호수 사이에 멈춰 서 있으니.

그는 잘못 된 일이라도 있는지 묻듯
마구에 달린 방울을 흔든다.
그 외에 들리는 것은 순한 바람과
솜털 같은 눈송이 흩날리는 소리 뿐.

숲은 사랑스럽고 어둡고 깊다.
그러나 나는 지켜야 할 약속이 있다.

And miles to go before I sleep,

And miles to go before I sleep.

158

잠들기 전 수 마일을 가야 한다.
잠들기 전 수 마일을 가야 한다.

The Road Not Taken

Robert Frost

Two roads diverged in a yellow wood,

And sorry I could not travel both

And be one traveler, long I stood

And looked down one as far as I could

To where it bent in the undergrowth;

Then took the other as just as fair,

And having perhaps the better claim,

Because it was grassy and wanted wear;

Though as for that the passing there

Had worn them really about the same,

And both that morning equally lay

In leaves no step had trodden black.

Oh, I kept the first for another day!

Yet knowing how way leads on to way,

I doubted if I should ever come back.

걸어 보지 않은 길

로버트 프로스트

노랗게 물든 숲 속의 두 갈래 길
몸은 하나라 두 길 다 갈 수 없어
한동안 그 곳에 서서
덤불로 굽어드는 곳까지
멀리 한 쪽 길을 바라보았다.

그리고는 다른 쪽을 택했다. 두 길 모두
걷기 좋게 트였지만 저쪽이 더 나을 것 같아
풀이 우거진 누구도 밟지 않은 길이기에
그러나 그리로 가면 그 길도
밟히기는 마찬가지런만.

그날 아침 두 길은 똑같이 아직
아무도 더럽히지 않은 낙엽에 쌓여 있었다.
그래, 처음 길은 다른 날 걸어 보리라!
허나 길은 또 다른 길로 통하고 있음을 알기에
내가 다시 돌아올 수 있을지 미심쩍었다.

I shall be telling this with a sigh

Somewhere ages and ages hence:

Two roads diverged in a wood, and I—

I took the one less traveled by,

And that has made all the difference.

나는 이 이야기를 한숨지며 말하리라.
지금부터 먼먼 훗날 어딘가에서
숲 속에 두 갈래 길이 있었는데, 나는—
나는 사람들이 덜 다니는 길을 택했노라고
그리고 그 결과 모든 것이 바뀌었노라고.

A Girl

Ezra Pound*

The tree has entered my hands,

The sap has ascended my arms,

The tree has grown in my breast—

Downward,

The branches grow out of me, like arms.

Tree you are,

Moss you are,

You are violets with wind above them.

A child—so high—you are,

And all this is folly to the world.

* Ezra (Loomis) Pound(1885~1972): 미국의 시인 · 비평가.

소녀

에즈라 파운드

나무가 나의 두 손에 들어왔다.

수액이 내 팔을 타고 올라

나무는 내 가슴에서 자라고—

아래를 향하여

가지들이 내 몸에서 뻗어 간다. 두 팔처럼

너는 나무

너는 이끼

너는 바람이 네 위로 스쳐 가는 제비꽃,

어린아이—키가 그리나 큰—그게 너지.

그리고 세상 눈에는 이런 것이 어리석어 보이겠지.

I Thank You God for Most This Amazing

E. E. Cummings*

i thank You God for most this amazing

day:for the leaping greenly spirits of trees

and a blue true dream of sky;and for everything

which is natural which is infinite which is yes

(i who have died am alive again today,

and this is the sun's birthday;this is the birth

day of life and of love and wings:and of the gay

great happening illimitably earth)

how should tasting touching hearing seeing

breathing any — lifted from the no of all nothing —

human merely being doubt unimaginable You?

(now the ears of my ears awake and

now the eyes of my eyes are opened)

* E(dward) E(stling) Cummings(1894~1963): 미국의 시인.

166

감사합니다 하나님 이 놀라운 날을 주셔서

E. E. 커밍즈

감사합니다 하나님 이 놀라운 날을 주셔서

나무의 뛰어오르는 푸른 정기와

파란 하늘의 진정한 꿈 그리고 모든 것들을

무한한 것인 자연적인 것인 긍정적인 것인

(죽었던 저는 오늘 다시 살아났습니다.

그리고 오늘은 태양의 생일입니다. 생명과

사랑과 날개가 태어난 날입니다. 명랑하고

위대하고 무한한 땅이 태어난 날입니다.)

미각 촉각 청각 시각을 지닌—진정 아무것도

아닌 것에서 활력이 빚어진—숨쉬는 어느 인간이

감히 상상조차 못할 당신을 의심할 수 있겠습니까?

(이제 제 귀의 귀가 트이고

이제 제 눈의 눈이 열립니다)

from *Choruses from 'The Rock'**

T. S. Eliot**

If humility and purity be not in the heart,

they are not in the home: and if they are not

in the home, they are not in the City.

* 이 시는 원래 옛 런던 교회를 돕기 위해 1934년 엘리엇이 쓴 것으로,
음악과 발레로 꾸며진 시형식의 야외극(pageantry play)이다.
그래서 언어 이미저리 리듬의 대부분은 성경에 근거한다.
제목 '바위'는 약한 인간을 돕기 위한 하나님을 의미하며,
구약에서 "저가 내게 부르기를 주는 나의 아버지요 나의 하나님이시오
나의 구원의 바위시라 하리로다"(시편 89:26)는 말씀과 신약에서 예수님이
베드로에게 하신 말씀 가운데, "또 내가 네게 이르노니 너는 베드로라
내가 이 반석 위에 내 교회를 세우리니 음부의 권세가 이기지 못하리라"
(마태복음 16:18)는 구절을 상기할 수 있다.
** T(homas) S(tearns) Eliot(1888~1965): 미국 출생 영국 시인 · 비평가 ·
극작가; 노벨 문학상 수상(1948).

『바위의 코러스』 중에서

T. S. 엘리엇

사람의 마음에 겸손함과 순수함이 없으면
이는 가정에도 있지 않음이니,
가정에도 없으면 이는 도시에도 없음이라.

From "The Dry Salvages" in *Four Quartets*[*]

T. S. Eliot

I do not know much about gods; but I think that the river

Is a strong brown god — sullen, untamed and instructable,

Patient to some degree, at first recognised as a frontier;

Useful, untrustworthy, as a conveyer of commerce;

Then only a problem confronting the builder of bridges.

The problem once solved, the brown god is almost forgotten

But the dwellers in cities — ever, however, implacable,

Keeping his seasons and rages, destroyer, reminder

Of what men choose to forget. Unhonoured, unpropitiated

By worshippers of the machine, but waiting, watching

    and waiting.

His rhythm was present in the nursery bedroom,

In the rank ailanthus of the April dooryard,

In the smell of grapes on the autumn table,

And the evening circle in the winter gaslight.

『네 개의 사중주』의 "드라이 셀베이지즈" 중에서

T. S. 엘리엇

나는 신에 대해 별로 아는 게 없지만 강은 힘센

갈색 신이 아닐까 생각한다―퉁명스럽고, 야성적이고, 고집 센,

어느 정도 참을 수 있는, 처음에는 미개의 영역으로 간주되었던,

믿음은 주지 못해도 물류 수단으로는 쓸모 있었던 강.

당시 강은 다리를 만드는 자의 골칫거리였을 뿐.

일단 문제가 해결되자 갈색의 신은 거의 잊혀졌다.

그러나 도시 주민들에게 강은 항상 달래기 힘든, 철따라

분노를 드러내는 파괴자이며 인간들이 잊고 싶어하는 것을

상기시킨다. 기계론자들로부터 존중도 아첨도

받지 못하지만, 강은 기다린다. 주시하며 기다리고 있다.

강의 율동은 아기들 침실에도 있었고

사월의 집 주위 무성한 가죽나무 속에

가을 식탁 위 포도 향기 속에

그리고 겨울 밤 가스등 아래 둘러앉은 저녁 모임에도 있었다.

✻ *Four Quartets*는 실내악 사중주 형식을 빌린 것으로,
"Burnt Norton", "East Cocker," "The Dry Salvages", 그리고
"Little Gidding" 이렇게 4개로 되어 있다.
그 중 세 번째인 "The Dry Salvages"는 미국 매사추세츠 주 케이프 앤
(Cape Ann) 해안의 작은 등대가 있는 바위 무리를 일컫는다.
엘리엇은 물의 이미지를 통해서 우리가 살면서 느끼는 시간과
우리가 사라진 후 역사 너머의 시간,
이렇게 두 가지 다른 시간을 대비해 주고 있다.
"The Dry Salvages"는 물에 관한 시이다.
물을 이 세상 발생의 원초적 재료로 간주한 그리스 철학가들도 있었다.
힐다 컨클링의 "Water"(70)에서 보여주듯,
인간은 육지를 껴안고 있는 것이 물이라고 생각했고,
육지의 한계를 그어 주는 물 자체를 무한대로 간주했다.

My heart leaps up
when I behold A rainbow in the sky:

하늘 위 무지개를 보노라면
내 마음 설레네.

My Heart Leaps Up

William Wordsworth*

My heart leaps up when I behold

    A rainbow in the sky:

So was it when my life began;

So is it now I am a man;

So be it when I shall grow old,

    Or let me die!

The Child is father of the Man;

And I could wish my days to be

Bound each to each by natural piety.

---

* William Wordsworth(1770~1850): 영국의 시인; 계관 시인(1843~1850).

무지개

월리엄 워즈워스

하늘 위 무지개를 보노라면
　　내 마음 설레네.
어려서도 그랬고
어른이 된 지금도 그렇고
늙어서도 설레기를
　　아니면 차라리 죽으리니!
아이는 어른의 아버지
나의 하루하루 날들이
자연의 경건함에 매이기를.

Written in March

William Wordsworth

The cock is crowing,

The stream is flowing,

The small birds twitter,

The lake doth glitter,

The green field sleeps in the sun;

The oldest and youngest

Are at work with the strongest;

The cattle are grazing,

Their heads never raising;

There are forty feeding like one!

Like an army defeated

The snow had retreated,

And now doth fare ill

On the top of the bare hill;

The ploughboy is whooping — anon — anon:

There's a joy in the mountains;

삼월

윌리엄 워즈워스

장닭은 울고

개울물은 졸졸

작은 새들 지저귀고

호수는 반짝

초원은 햇빛 아래 잠들었네.

늙고 늙은 사람, 젊고 젊은 사람

모두가 힘 좋은 사람과 같이 일하고,

소들은 고개 한번 들지 않은 채

마흔 마리, 한 마리인 듯

풀을 뜯고 있구나!

군대가 패한 듯

강설은 물러섰고

헐벗은 언덕 위

지금은 볼일 없으나

밭갈이 소년은 즐거워—야아—소리 지르니

산들은 기뻐하고

There's life in the fountains;

Small clouds are sailing,

Blue sky prevailing;

The rain is over and gone!

샘물은 생기 돌고
작은 구름 떠다니는
겨울 이긴 푸른 하늘
비는 그쳐 아주 가버렸구나!

The Daffodils

William Wordsworth

I wandered lonely as a cloud

That floats on high o'er vales and hills,

When all at once I saw a crowd,

A host of golden daffodils;

Beside the lake, beneath the trees,

Fluttering and dancing in the breeze.

Continuous as the stars that shine

And twinkle on the milky way,

They stretched in never-ending line

Along the margin of a bay:

Ten thousand saw I at a glance,

Tossing their heads in sprightly dance.

The waves beside them danced; but they

Out-did the sparkling waves in glee:

A poet could not but be gay,

수선화

윌리엄 워즈워스

골짜기와 산 위를 높이 떠도는
구름처럼 외로이 헤매던 중
갑자기 나는 보았네. 수많은
한 무리의 금빛 수선화
호숫가 나무 아래
미풍에 한들한들 춤추는 것을.

은하수에서 빛나며
반짝거리는 별들처럼 연달아
수선화들은 호반의 가장자리 따라
한없이 줄지어 뻗어 있었네.
무수한 수선화들을 나는 한눈에 보았네.
흥겨이 머리를 까딱이며 춤추는 것을.

수선화 옆 호수도 춤을 췄으나
환희에는 빤짝이는 물결을 능가했네
이렇게 즐거운 친구 있음에

In such a jocund company:

I gazed — and gazed — but little thought

What wealth the show to me had brought:

For oft, when on my couch I lie

In vacant or in pensive mood,

They flash upon that inward eye

Which is the bliss of solitude;

And then my heart with pleasure fills,

And dances with the daffodils.

시인이 어찌 유쾌하지 않을쏘냐!
나는 보고 또 보았네. 그러나 이 광경이 어떤
값진 것을 내게 가져왔는지 미처 생각 못했더니.

이따금, 멍하니 아니면 깊은 상념에 잠겨
긴 의자에 누워 있을 때면
수선화들이 번쩍 눈에 들어오네.
고독의 축복, 마음의 눈 속으로
그러면 내 마음 기쁨에 넘쳐
수선화와 함께 춤을 추네.

The Song of Wandering Aengus[*]

W. B. Yeats[**]

I went out to the hazel wood,

Because a fire was in my head,

And cut and peeled a hazel wand,

And hooked a berry to a thread;

And when white moths were on the wing,

And moth-like stars were flickering out,

I dropped the berry in a stream

And caught a little silver trout.

When I had laid it on the floor

I went to blow the fire aflame,

But something rustled on the floor,

And someone called me by my name:

It had become a glimmering girl

With apple blossom in her hair

Who called me by my name and ran

And faded through the brightening air.

방황하는 잉거스의 노래

W. B. 예이츠

내 머릿속에 타는 불이 있어
개암나무 숲으로 갔네
나뭇가지 하나 꺾어 껍질을 벗기고
실에 열매 한 개를 매달았네.
흰 나방들이 날아다니고
나방 같은 별들이 반짝일 때
난 냇물에 열매를 드리우고
작은 은빛 송어를 한 마리 낚았네.

송어를 마루에 놓아 둔 채
불을 피우러 갔네.
그런데 마루에서 무언가 바스락거리더니
누군가 내 이름을 불렀네.
송어는 머리에 사과꽃을 단
아련히 빛나는 소녀가 되어
내 이름을 부르며 달아나서
빛나는 공기 속으로 사라졌네.

Though I am old with wandering

Through hollow lands and hilly lands,

I will find out where she has gone,

And kiss her lips and take her hands;

And walk among long dappled grass;

And pluck till time and times are done

The silver apples of the moon,

The golden apples of the sun.

나 비록 골짜기와 언덕을
방황하느라 이제는 늙었지만
그녀가 간 곳을 찾아 내어
그녀의 입술에 입맞추고 손잡으리라.
얼룩진 긴 풀밭 속을 걸으며
시간과 세월이 다할 때까지 따리라.
달의 은빛 사과들을
해의 금빛 사과들을

The Lake Isle of Innisfree

W. B. Yeats

I will arise and go now, and go to Innisfree,
And a small cabin build there, of clay and wattles made:
Nine bean-rows will I have there, a hive for the honeybee,
And live alone in the bee-loud glade.

And I shall have some peace there, for peace comes
  dropping slow,
Dropping from the veils of the morning to where the
  cricket sings;
There midnight's all a glimmer, and noon a purple glow,
And evening full of the linnet's wings.

I will arise and go now, for always night and day
I hear lake water lapping with low sounds by the shore;
While I stand on the roadway, or on the pavements grey,
I hear it in the deep heart's core.

이니스프리 작은 섬

W. B. 예이츠

나 이제 일어나 가리라 이니스프리로 가리라

거기서 잔가지 엮어 진흙 바른 오두막 짓고

아홉이랑 콩 심고, 꿀 벌통 하나 두어

벌들 윙윙대는 숲 속에 홀로 살리라

그리고 거기서 평화를 맛보리. 평화는 서서히 내려와

아침 안개를 벗고 귀뚜리 우는 곳까지 내리리니;

한밤은 가물가물 빛나고, 대낮은 자줏빛으로 타오르며

저녁엔 홍방울새 날개짓 가득한 그 곳

나 이제 일어나 가리라 밤이나 낮이나

호숫가에 찰싹이는 잔물결 소리 들으리라

길이나 잿빛 보도에 서 있노라면

가슴 속 깊이 그 소리 들리노라

from *As You Like It*, II. v

William Shakespeare*

Under the greenwood tree

Who loves to lie with me,

And turn his merry note

Unto the sweet bird's throat,

Come hither, come hither, come hither!

Here shall be

No enemy

But winter and rough weather.

Who doth ambition shun,

And loves to live i' the sun,

Seeking the food he eats,

And pleased with what he gets,

Come hither, come hither, come hither!

Here shall he see

No enemy

But winter and rough weather.

* William Shakespeare(1564~1616): 영국의 극작가 · 시인.

『뜻대로 하세요』 2막 5장에서

윌리엄 셰익스피어

녹음 우거진 숲 속에
나와 함께 누워
새들의 달콤한 지저귐 따라
즐거이 노래 부르고 싶은 자
오라, 이리 오라, 이리로 오라
이 곳에는
해칠 적이 없어라
거친 겨울 이외는.

야욕을 멀리하고
양지 아래 즐거이 살며
자기 먹을 음식 찾아
스스로 얻는 것에 만족하는 자
오라, 이리 오라, 이리로 오라
이 곳에는
해칠 적이 없어라
거친 겨울 이외는.

from *King Lear*, III. ii

William Shakespeare

Blow, winds, and crack your cheeks! rage, blow!

You cataracts and hurricanoes, spout

Till you have drench'd our steeples, drown'd the cocks!

You sulph'rous and thought-executing fires,

Vaunt-couriers of oak-cleaving thunderbolts,

Singe my white head! And thou, all-shaking thunder,

Strike flat the thick rodundity o' th' world!

Crack nature's moulds, all germains spill at once

That makes ingrateful man!

✳ ✳ ✳

Rumble thy bellyful! Spit, fire! Spout, rain!

Nor rain, wind, thunder, fire, are my daughters.

I tax not you, you elements, with unkindness;

I never gave you kingdom, call'd you children;

You owe me no subscription. Then let fall

『리어왕』 3막 2장에서

윌리엄 셰익스피어

바람아 불어라! 네 뺨을 터지게 하라! 뒤끓어라! 쏟아져라!

폭포 같은 호우야, 억수 같은 폭우야, 내리 쏟아져서 높이 솟아 있는

첨탑을 침수시키고 지붕 꼭대기에 달린 바람개비를 익사시켜 버려라.

순식간에 천지를 달리는 유황불이여,

참나무를 두 쪽 내는 천둥의 선도자인 번개여,

내 이 흰 머리를 불살라라! 천지를 울리는 천둥아,

둥근 지구를 때려부숴서 납작하게 만들어라!

인간 창조의 모태를 부수고 배은망덕한 인간을 만드는

씨를 당장에 쓸어 없애 버려라.

✻　　　✻　　　✻

성이 차도록 실컷 불어라! 번개야 내뱉고 비야 쏟아져라.

비도 바람도 천둥도 번개도 내 딸은 아니다.

너희들 자연의 힘을 불효하다고 책하지는 않겠다.

너희들에게는 왕국을 준 적이 없고

내 딸이라 너희를 일컬은 적도 없다.

Your horrible pleasure. Here I stand your slave,

A poor, infirm, weak, and despis'd old man;

But yet I call you servile ministers,

That will with two pernicious daughters join

Your high-engender'd battles 'gainst a head

So old and white as this. O! ho! 'tis foul.

너희는 내게 순종할 의무가 없지. 그러니 마음대로
끔찍한 짓을 하여라. 너희들의 노예인 가엾고
무력하고 쇠약하고 천대 받는 이 노인이 여기 서 있다.
그러나 나는 너희들을 비굴한 수하라고 부르겠다.
저 악독한 두 딸의 편을 들어, 이런 백발 늙은이에게
하늘의 군대를 끌고 오다니! 아 비열하도다.

from *Macbeth*, V. v

William Shakespeare

She should have died hereafter;

There would have been a time for such a word.

To-morrow, and to-morrow, and to-morrow,

Creeps in this petty pace from day to day,

To the last syllable of recorded time;

And all our yesterdays have lighted fools

The way to dusty death. Out, out, brief candle!

Life's but a walking shadow, a poor player,

That struts and frets his hour upon the stage,

And then is heard no more. It is a tale

Told by an idiot, full of sound and fury,

Signifying nothing.

『맥베스』 5막 5장에서

윌리엄 셰익스피어

언젠가는 어차피 죽어야 할 사람이었다.

한 번은 듣게 될 소식이었지.

내일 그리고 내일 그리고 또 내일은

하루하루 인류 역사의 최종 음절까지 기어가고

지나간 날들은 한낱 무덤으로 가는 길을

바보들에게 비춰 주었어. 꺼져라 꺼져, 단명한 촛불아!

인생이란 걸어다니는 그림자에 불과한 것,

주어진 시간을 무대 위에서 활개치고 떠들어대지만

곧 영영 잊혀져 버리는 가련한 배우에 지나지 않는 것,

그저 바보의 이야기일 뿐

헛소리와 분노로 가득 찬

아무 의미 없는.

영시의 이해

시의 정의 또는 시의 이해에 관한 지식은 도서관, 서점, 인터넷 등을 통해 자료들을 용이하게 접할 수 있다. 그러나 시 감상은 독자 스스로 작품 자체의 내면 세계를 자세히 보기 전에는 좋은 책도 큰 도움이 되지 못한다. 이를테면, 베토벤의 악보를 들여다보고 해설을 열심히 읽어본들, 그의 음악을 직접 들으면서 감동받기 전에는 어떤 우수한 해설도 별 도움이 되지 못함과 같다.

영시를 이해하려면 먼저 영시 창작에 시인이 사용하는 비유어 (Figurative Language)를 알아야 한다. 일반적으로 시의 언어는 소리, 원뜻, 함축된 의미, 이렇게 세 가지로 되어 있다. 원뜻이라 함은 사전에서 설명하고 정의해 주는 단어의 뜻(denotation)을 말하고, 함축(connotation)이라 함은 그 이상의 의미를 표현한다. 예컨대 헨리 반 다이크의 "Home Is Where Mother Is"(36)에서 "너의 집이 어디냐"고 묻는 어른의 질문에 아이는 "어머니가 계신 곳"이라고 대답한다. 집의 위치를 말하지 않고, 단어가 내포하고 있는 가정, 즉 안전·사랑·위안의 의미로 함축적으로 아이는 대답하고 있다. 시의 이해에서 우리에게 호소력 있는 단어는 심상(心象 Image/Imagery)이다. 심상이란 무엇인가? 체험은 대체로 감각을 통해서 우리에게 전해진다.

우리가 느끼는 봄날의 체험은 우리가 받는 인상의 복합체이다. 봄날에는 하늘, 구름, 새소리, 개나리, 꽃향기, 스치는 바람 등으로 계절을 알게 된다. "미풍에 한들한들 춤추는" 수선화(181)라고 말하는 시인의 언어는 훨씬 감각적이다. 이것이 심상이다. 심상은 감각 체험의 강한 언어로 표현된다고 정의할 수 있다.

시는 소리내어 읽을 때 들리는 음악과 리듬을 통해서 우리의 감각에 직접적으로 호소한다. 그러나 간접적으로는 감각 체험의 상상을 표현해 주는 심상을 통해서 우리의 감각에 호소한다. "수선화들이 번쩍 눈에 들어오네./ 고독의 축복, 마음의 눈 속으로"(181)에서 보여주듯, 이미지(Image)라는 단어는 마음의 사진, 마음의 눈으로 보는 것을 암시하며, 하나의 심상은 청각 · 후각 · 시각 · 미각, 그리고 몸으로 닿아 느끼는 촉감을 나타낸다. 폴리 체이스 보이든의 "Mud"(64)는 진흙이 주는 즐거운 감각을 표현해 준다. 엘리엇은 이 느낌을 "관능적 진흙(voluptuous mud)"이라고 표현한바 있는데, 이와 같이 진흙이 주는 미끄럽고 질퍽한 감각을 보이든은 의태어의 소리 심상인 "squishy-squash"로 표현하고 있다.

문채(文彩)는 우리가 평상시 주고받는 말과는 다른 의미의 언어이다. 미국의 시인 로버트 프로스트는 "시는 하나를 말하면서 또 다른 의미를 허용하는 하나의 방법"이라고 한다. 즉 비유(比喩 Figures)를 말하고 있다. 비유법은 문자 그대로 보다 더 많은 암시를 보여 줌으로써 언어의 범위를 넓혀 준다. 비유와 상징(Symbol)은 잘 아는 것을 통해서 덜 알려진 것을 탐색하기 위한 특별한 방법의 이미지들이다. 시인은 사랑에 대한 시를 즐겨 쓴다. 사랑이라는 추상 개념을 글로 표현하기 어렵기 때문에 더욱 이에 집착하는 듯싶다. 그래서 비유를 필요로 한다. 스코틀랜드 출신의 시인 로버트 번즈는 "나의 사랑은 빨갛고 빨간 장미와 같다(My love is like a red red rose)"고 "red"를 반복적으로 강조하여 표현한다. 셰익스피어는 "내 그대를 여름날에 비교할까?(Shall I compare thee to a summer's day?)"라고 썼다. 비유는 단순한 장식이 아닌 절대 필요한 전달 방법이다. 그렇다면 운(Rhyme), 리듬(Rhythm), 이미지들은 시에서 보기에 좋으라고 그저 모아 놓은 것이 아니다. 시는 실제로 생각하고 느끼는 하나의 방법이다.

맥베스는 그의 꿈이 무너지는 것을 보았다. 어둠이 그에게 다가오는 것을 보았을 때 셰익스피어는 맥베스로 하여금 "Tomorrow and tomorrow and tomorrow"(196)로 시작되는 10행의 독백을 하게 한다. 이 10행에 담겨 있는 셰익스피어의 생각을 산문으로 옮겨 쓴다면 훨씬 긴 서술이 필요할 것이다. 왜 그럴까? 그 대답은 바로 셰익스피어의 비유어의 성격, 특히 엄청난 언어의 경제적 암시에 근거한다. 맥베스의 요지는 요컨대, "인생은 무의미하다"는 절규이다. 셰익스피어는 그러나 우리말 여덟 글자면 되는 것을 그에게 10행이나 되는 독백을 하게 하였다. 그 이유는 우리로 하여금 맥베스의 비극적 내면 세계에 동참하기를 원하기 때문이다. 맥베스가 부인의 사망 소식을 접하면서, 그 순간 인생에 대해 느끼는 감정들—*petty pace, last syllable, dusty death, brief candle, a walking shadow, a player that struts and frets*—이런 체험에 우리도 동참하기를 바라는 것이다. 우리는 이미지들을 떠올리고, 그 비유를 통해 맥베스를 이해하게 되면서 우리 마음에 상상의 과정을 통한 움직임(the act of transference)이 일어난다. 맥베스에게 인생은 주어진 시간 동안 초조히 안달하는 배우처럼, 아무 의미 없는 그림자 같은 것이다. 잠깐 팔랑거리다 꺼져 버릴 촛불에 지나지 않는 삶을 위해 목숨 걸 가치가 있을까? 이를 인식한 맥베스가 "꺼져라 꺼져, 단명한 촛불아!(Out, out, brief candle!)"를 외치는 것은 조금도 이상할 일이 아니다. 셰익스피어의 맥베스는 인생을 꺼져가는 촛불에 비유하고 있다. 환하게 비추는 것으로 시작하여 어둠으로 끝나는 이미지이다. 환하게 타고 있는 동안은 빛과 에너지를 방출하여 활동적이고 화려하지만, 점점 타 들어가면서 짧아지고 짧아져서 어느 순간 꺼진다. 촛불의 생명은 이렇게 짧다. 셰익스피어는 맥베스가 느끼는 덧없는 인생을 독자/관객에게 전달키 위해 긴 설명 대신 짧게, 추상적인 것을 구체적으로 표현함으로써 상상의 즐거움과 감정의 강도를 높여 준다.

시를 잘 읽으려면 비유어를 잘 파악해야 한다. 잘못 짚거나 또는 지나친 비유/해석의 여지도 있으나, 그래도 그럴 가치는 있다. 상상력은 실습에 의해 길러지기 때문이다. 비유어는 때로는 형이상학적 언어(Metaphorical Language), 혹은 단순히 은유/메타포(Metaphor)라고도 한다. 비유에는 직유(直喩 Simile)와 은유(隱喩 Metaphor)가 있다. 이 두 가지는 근본적으로는 서로 다른 것을 비교하는 방법이다. 그 차이는 영어의 "as"나 "like" 등과 같은 "~처럼"에 해당되는 단어를 사용하여 직접 비교할 때는 이를 비유(Simile)라 한다. "My love is like a red red rose"가 한 예이다. "~처럼"이 생략되어 간접적으로 비교할 때는 이를 은유(Metaphor)라 한다. 셰익스피어는 "Life is *but a walking shadow*"라고 은유법을 사용하고 있다. 랭스턴 휴즈도 그의 "Dreams"(102)에서 "Life is a broken-winged bird"라고 "~처럼"의 "like"를 사용하지 않고 은유법을 쓰고 있다.

의인화(擬人化 Personification)는 인간의 성격을 동물, 사물 또는 개념에 부여하는, 일종의 간접 비유법으로 항상 사람과 비교하여 쓰인다. 『마더 구스』의 "Humpty Dumpty"(28)는 달걀을 의인화한 전승 동요(Nursery rhyme)이다. 프로스트는 그의 "Stopping by Woods on a Snowy Evening"(156)에서 "My little horse must think it queer"라고 동물인 말〔馬〕을 생각하는 사람에 빗대어 의인화하고 있다.

비유어는 직접적인 언어보다 우리가 하고 싶은 말을 더 효과적으로 표현해 준다. 비유어는 없는 것도 있는 것처럼 머릿속에 그려보는 상상의 즐거움을 준다. 심상을 첨가하여 추상적인 것을 구체적으로, 오감에 의하여 시를 보다 심미적으로 만들어 준다. 앨프레드 테니슨이 독수리 떨어지는 모습을 "like a thunderbolt"(118)라고 표현할 때 그는 먹이를 낚아채려고 잽싸게 내려오는 독수리의 힘과 스피드를 표현한다. 그래서 비유어의 사용은 시를 감각적으로 호소케 하면서 사실을 제공할 뿐만 아니라 감정의 강도를 높여 주고 집중시키는 효과를 나타낸다.

시의 의미는 시가 표현하는 체험이다. 때때로 독자는 시를 읽는 가운데 "이 구절은 대체 무슨 뜻인가" 이해하기 어렵고 곤혹스러울 때가 있다. 독자는 무언가 마음에 뚜렷이 잡히는 것을 원한다. 시에는 전체 의미(total meaning)를 나타낼 때와 문장 의미(prose meaning)를 나타낼 때가 있다. 문장 의미는 시를 아이디어로 표현한 것이 아니라, 그대로의 이야기를 언급한 것이다. 테니슨의 "The Eagle"(118)은 메시지를 전하려는 어떤 아이디어와 직접 관련된 것이 아니라, "crooked hands"로 바위를 꽉 잡고 있는 독수리 모습 그대로를 시각적으로 그리고 있다. 번개로 무장하여 독수리와 동행하는 그리스 신 제우스를 연상시키는 효과적이고 강렬한 묘사형이다. 동시는 이처럼 주로 문장 의미 그대로의 묘사에 의존하는 경우가 대부분이다.

시는 있는 대로 표현하면서도 때로 시 전체의 언저리를 맴돌며 신비감을 주는 경우도 있다. 프로스트의 8행으로 된 짧은 시 "The Pasture"(152)를 한번 보자. 프로스트의 시는 대체로 겉으로 보기보다 복잡하다. 이 시는 처음 읽으면 간결하고 명확한 삽화처럼 한눈에 들어온다. 그러나 언급되지 않은 궁금한 것들이 있다. "I"는 누구이고 "You"는 누구이며, 이들 사이는 어떤 관계인가? 목장 샘물을 깨끗이 하는 일과 어린 송아지를 데려오는 것은 무슨 관련이 있고, 송아지의 젊음을 유독 강조하는 이유는 무엇인가? 샘물 청소를 지켜 보고 송아지를 데려오는 일이 왜 중요한가? 이런 것들이 화자 "I"와 상대자 "You" 사이에 무슨 관계가 있는가? 이 시는 8행이 담아낼 수 있을 만큼 완벽한 시이다. 그러나 이런 궁금증은 은연중에 암시되어 있으며, 시의 그림은 충분히 예리하지만, 그럼에도 신비한 언저리가 있고, 모호함이 있고, 언급되지 않은 것들은 마법과 같은 묘한 매력이 있다. 이처럼 그 무엇인가 분명하게 들어오지는 않아도, 막연한 대로 족히 독자의 마음을 끌고 즐거움을 주는 시들이 있다.

상징(象徵 Symbol)도 비유어이다. 하나의 상징은 다른 것을 대신해서 표현할 때 쓰인다. 호랑이는 힘과 용기를 대신하여 쓰이고, 양은 온유함을, 높이 치켜든 횃불은 자유를 대신해서 표현된다. 상징과 비유어 사이에는 기술적 차이는 있지만, 상징도 비유어에 속한다. 그러나 상징을 굳이 비유와 관련지을 필요는 없다. 상징은 상징 자체의 독립성을 갖는다. 기독교 정신을 대신해서 십자가를 사용할 때 우리는 "십자가는 기독교 정신과 같다"는 암시를 구태여 덧붙이지 않는다.

이미지, 은유/메타포, 상징은 서로 연결되어 있어서 때로는 이들을 분리하기가 어렵다. 그러나 대체로 이미지는 그 자체를 의미하고, 메타포에서 비유는 그 자체가 의미하는 것 이상 다른 것을 말하고 있으며, 상징은 그 자체를 의미하면서 또한 그 이상을 말한다. 상징은 문자 그대로의 기능을 하면서 동시에 비교 기능을 한다.

상징은 있는 자체보다 더 많은 의미를 주는 것으로 정의할 수 있다. 프로스트의 "The Road Not Taken"(160)은 두 갈래의 선택 문제를 다룬다. 시 속의 화자(話者)는 두 길을 모두 가 보고 싶어하지만 그렇게 할 수 없음을 알고 있다. 맨 마지막 연(stanza)에서 우리는 이 시가 단순히 숲 속의 두 갈래 길을 선택하는 문제보다, 그의 인생 길에서의 더 크고 중요한 선택의 문제를 다루고 있음을 알게 된다. 우리는 시 속의 선택이 인생에 있어서의 선택을 상징하고 있음을 쉽게 알 수 있다. 두 길은 보기에 똑같이 매력적이지만, 그러나 몇 년 후 선택의 결과는 아주 다르게 드러나는 체험을 보여 준다.

　"The Road Not Taken"이 전하는 감각을 논한다면, 낙엽이 수북이 쌓인 노란 숲 속의 두 갈래 길, 그 자체가 하나의 이미지이다. 두 갈래 길을 상징으로 보아야 한다. 상징은 시적 비유에서 가장 풍요하면서 어려운 문제이다. 어려움은 인상(impression)에서 비롯된다. 어떤 상징이 꼭 한 가지만을 내포하고 있다고 못박으면 곤란하다. 여러 가지 빛깔로 채색될 수 있기 때문이다. 마치 보석이 보는 각도에 따라 여러 가지 빛을 발하는 것과 같은 이치이다. 이 시의 선택은 우리 인생 길에서 학교, 직업, 결혼, 집 문제 등등의 많은 선택을 얘기할 수 있다. 그러나 한편 이 모두가 다 아닐 수도 있다. 시인이 마음 속에 담고 있는 특별한 선택이 있다면, 그것이 무엇인지 독자인 우리는 결정할 수 없다. 그리고 그 결정은 우리에게 아무 의미가 없다. 시인은 두 길을 모두 체험하고 싶었으나 한 쪽 길밖에는 갈 수 없었고, 그리고 우리가 선택한 길이 좋든 싫든, 선택하지 않은 길에 대한 미련을 갖게 되는 것이다.

　비유어에는 이 이외에도 역설법(逆說法 Paradox), 아이러니(Irony), 과장법(誇張法 Overstatement/Hyperbole)이 있다. 역설은 표면에 표현된 것은 비논리적이고 불합리하고 부조리해 보이기까지 하지만, 자세히 보면 일리가 있는 표현이다. 역설은 겉으로는 모순된 것 같아 보이지만 진실을 말하는 것이다. 예컨대, 뜨거운 욕탕에 몸을 넣으면서 우리는 "아 시원하다"고 한다. 역설이다. 손이 시려도 호호

불고 국이 뜨거워도 호호 분다. 역설이다. 역설 또는 이율 배반의 가치는 드러나는 사실이 믿기지 않게도, 어처구니없게도 진실임을 뒷받침해 주는데 있다. 정상이란 말은 문자 그대로 보통인 것, 흔한 것이어야 하건만. "이 세상에는 정상적/상식적인 것이 귀하다(The normal is the rarest thing in the world)"는 버나드 쇼의 말은 따라서 역설이다.

우리는 "죽겠다"는 말을 자주 사용한다. "추워 죽겠다" "배고파 죽겠다" "졸려 죽겠다" 하는 것은 정말로 죽겠다는 뜻이 아니라 상황을 과장해서 쓰는 비유법이다. 프로스트가 "The Road Not Taken"의 마지막 절에서 "I shall be telling this with a sigh/ Somewhere ages and ages hence"라고 할 때, 시인은 이 대목을 매우 조용히, 은은하고 은근하게 쓰고 있어서 드러나지는 않지만, "지금부터 먼먼 훗날(ages and ages hence)"이라고 쓰는 것은 단호한 주장을 말하는 과장법이다. 진실을 과장 또는 축소하는 것도 일종의 역설적 표현이다.

역설처럼 아이러니도 확대된 의미를 내포하고 있다. 아이러니는 표면에 표현된 것과 정반대의 의미를 갖는다. 의미하는 것을 정반대로 말할 때 아이러니는 가끔 야유(Sarcasm)와 풍자(Satire)와 혼용되기 때문에 이 세 가지는 구별할 필요가 있다. 야유와 풍자는 조롱을 암시한다. 야유는 구어체에서 희화적(戱畵的)으로 쓰이고 풍자는 문학 차원에서 쓰인다. 야유는 일상 어법에서 아이러니의 대용으로 쓰이는데, 겉으로는 칭찬하는 척 하지만 욕하기 위해서 조잡하게 쓰인다. 풍자는 어떤 대상을 우스꽝스럽게 만들고 그것에 대하여 재미있어하는 태도로, 그 대상을 깎아 내리는 문학상의 기교이다. 아이러니는 문학적인 용도에서 야유와 풍자를 돕기 위해 사용된다. 아이러니가 흔히 야유와 풍자와 혼용되는 이유는 야유와 풍자의 도구로 자주 쓰이기 때문이다. 야유는 감정에 상처를 주기 위한 것이므로 잔인하다. 풍자는 잔인하기도 하고 따뜻하기도 하다. 아이러는 잔인하지도 따뜻하지도 않다.

　　아이러니에는 여러 종류의 아이러니가 있으나 그 가운데 극적 아이러니와 상황적 아이러니를 언급하겠다. 극적 아이러니는 화자가 하는 말과 의미 사이의 차이에서 발생하는 것이 아니라, 화자가 하는 말과 시가 의미하는 것 사이의 차이에서 발생한다. 시 속의 화자의 말은 직선적이지만 작가는 그런 말을 특정 화자의 입을 통해서, 화자가 하는 말과는 다르게 또는 반대되는 생각이나 태도를 독자에게 암시하고 있을 수 있다. 이런 형태의 아이러니는 말로 하는 아이러니보다 더 복잡하고 독자에게 더 복잡한 반응을 요구한다. 윌리엄 블레이크의 "The Little Boy Lost"(148)의 분위기는 어린아이를 해친다는 요정 왕, 흡사 괴테의 시를 노래한 슈베르트의 가곡 "마왕(The Erl King)"을 연상시킨다. 블레이크의 시 속의 아버지는 아들을 돈 많은 주인에게 팔았을지도 모른다. 19세기 초 영국 산업 혁명 시기에 어린 소년들이 팔려가서 비참한 작업 환경에서 병들고 불구가 되는 경우가 많았다. 영국 작가 찰스 디킨스는 이 주제를 그의 소설에서 즐겨 다루었다. 이 책에는 담겨 있지 않으나, 블레이크의 "굴뚝 청소부(The Chimney Sweeper)"는 바로 그런 사회상을 그대로 보여 주는 시이다. "The Little Boy Lost"와 쌍을 이루는 "The Little Boy Found"

(150)는 분위기가 매우 다른, 어머니의 변함 없는 자식 사랑을 느끼게
해 준다.

상황의 아이러니는 실제 상황과 기대되는 상황이 서로 다른 경
우이다. 캐서린 맨스필드의 "Little Brother's Secret"(56)에서 어린 남
동생은 누나의 생일 선물로 설탕나무를 심으려고 설탕 두 덩어리를
마당에 묻는다. 그런데 그 날 밤 비가 내린다. 이런 경우가 상황의 아
이러니이다.

인유(引喩 Allusion)도 비유법의 하나이다. 유명한 인물, 사건,
속담 또는 다른 문학 작품이나 구절을 자신의 문장에 인용하여 문장
을 수식하거나 내용에 함축성 있도록 하는 비유법이다. 인유법은 서
로 비교하는 것은 아니지만, 좁은 의미보다 더 많은 것을 내포하기 때
문에 이것도 비유라 할 수 있다. 인유법은 몇 마디 안에 꽉 들어찬 의
미를 줄 수 있기 때문에 시인에게 유용한 도구이다. 미국의 소설가 윌
리엄 포크너의 『음향과 분노(The Sound and the Fury)』는 그 제목을
맥베스의 독백에서 가져옴으로써 포크너의 생각과 감정을 간접적으
로 강조해 주고 있다.

"꺼져라 꺼져(Out, Out —)"는 제목의 프로스트가 쓴 34행의 시
가 있다. 이 시의 제목도 맥베스의 독백에서 가져온 인유이다. 이 시
의 주제는 인생의 불확실성이다. 사람은 어느 순간 예기치 않은 사고
나 갑작스런 죽음 등의 비극적 상황을 마주할 수 있다. 프로스트 시인
은 이성적 설명이 불가능한 어느 한 소년의 어처구니없는 갑작스런
죽음을 시의 마지막 부분에서 "더 이상 세울 것이 없는(No more to

build on there)", 더 이상 걸 희망, 바라볼 희망이 없음을 말하고 있다. 시인은 감정을 고조시키기 위해서뿐만 아니라 주제를 파악하는데 도움을 주려고 인유를 사용하고 있다. 맥베스가 내뱉는 "Out, out, brief candle!"의 이 심오한 구절은 한 순간의 짧은 비극성과 삶의 불확실성을 강조한다. 프로스트는 이 인유를 사용함으로써 셰익스피어의 비극을 알고 있는 독자에게 『맥베스』 5막 5장 전체를 상기시켜 준다.

좋은 독자는 여러 종류의 간접적 체험을 받아들인다. 허구의 인물 맥베스를 마치 실제 존재하는 인물처럼 받아들이고 연극을 감상하듯, 시의 독자도 시를 읽는 동안은 객관적으로는 사실이 아닌 것들을 사실인양 기꺼이 상상력을 동원해서 즐기는 것이다. 이것이 사무엘 코울리지가 말하는 저 유명한 "불신의 일시적 정지(Willing suspension of Disbelief)"이다. 이는 독자가 기꺼이 의심을 정지하여 작가의 상상 세계로의 대리 참여를 받아들인다는 뜻이다. 이렇게 해서, 뜻과 목적이 서로 반대되는 사람들일지라도, 예컨대, 신자는 불신자의 좋은 시를, 불신자는 신자의 좋은 시를, 그리고 낙천적인 사람은 비관적인 시를, 비관적인 사람은 낙천적인 시를 즐길 수 있다.

문학에서 어조(語調 Tone)는 독자, 작가, 또는 화자 스스로에게 보여 주는 작가나 화자의 자세/태도를 말한다. 이는 작품의 감정적 색깔과 의미를 나타내는 것으로 전체 시의 의미에서 매우 중요하다. 같은 말이라도 구어에서는 말하는 사람의 태도와 억양에 따라 전달하는 의미가 달라진다. 시의 어조를 정확하게 파악하지 못하면 시를 제대로 이해했다고 볼 수 없다. 화자의 목소리를 실제로 들을 수 없기 때문에 단어의 함축, 심상, 은유/메타포, 아이러니, 리듬, 시의 구조 등을 잘 살펴야 한다. 어조를 결정하는 공식이나 기준이 간단하지 않기 때문에, 어조를 바르게 파악하려면 여러 각도로 살펴야 한다.

시는 언어의 음악성에 최대한 의존한다. 시인은 의미와 더불어 소리(Sound) 선택에 신경을 씀으로써 의미를 강조하는 수단으로 소리를 사용한다. 특히 동시는 이 부분에 의존도가 높다. 음악에서 중요한 요소는 반복이다. 사실 모든 예술의 구조는 반복(repetition)과 변형(variation)의 두 가지 요소로 구성된다고 말할 수 있다. 우리는 바다를 즐기고, 아침 점심 저녁으로 색깔이 변하는 강을 즐긴다, 항상 똑같으면서도 항상 변화를 주기 때문이다. 대체로 우리가 평소에 즐기는 것들은 이처럼 똑같으면서도 다양한 패턴으로 되어 있는 것이 많다. 우리는 비슷한 것을 좋아하면서 또 다양한 것을 좋아한다. 계속 똑같으면 단조롭고 지루하고, 반대로 다양성이 너무 크면 혼란스럽기 때문에 두 가지가 조화를 이룬 것을 좋아한다. 그래서 작곡가는 특정한 음악적 톤을 반복한다. 시인도 어떤 조합과 나열로 소리를 반복하여 시에 음악적 의미를 첨가한다. 반복은 귀를 즐겁게 해 준다.

인간은 태어날 때부터 소리(Sound)와 리듬(Rhythm)의 순수한 즐거움을 갖고 세상에 나온다. 아기는 태어나면서부터 음악적 소리를 내고 있다. 아이들의 전승 동요(Nursery rhyme)는 전적으로 음악적인 것에 의존한다. "Humpty Dumpty sat on a wall/ Humpty Dumpty had a great fall"(28)이나 "Hey, diddle, diddle!/ The cat and the fiddle"(26)과 같은 동요 가락의 매력은 강조된 리듬에 있다.

이런 것은 음악과는 구별되는 시의 독특한 기능으로, 소리로만 전달되는 것이 아니라, 소리를 통한 체험의 의미로 전달된다. 인간은 누구나 리듬/율동(律動)을 좋아한다. 그것은 우리 마음에 뿌리박혀 있는 본능적인 것이기 때문이다. 심장 고동 소리, 맥박 뛰는 소리, 숨을 들여 마시고 내쉬는 호흡, 이와 같은 리듬은 우리 생체 안에 자연스럽게 규칙적으로 반복되는 것과 관련 있다. 그래서 인간은 자연적으로 리듬을 좋아하고 모든 것을 리듬 있게 듣고 싶어한다. 시계 소리를 똑딱똑딱, 기차소리를 칙칙폭폭, 이렇게 규칙적으로 반복되는 소리로 듣고 싶어하는 본능이 우리 안에 있다. 리듬은 이처럼 소리나 동작에서 파도의 움직임처럼 규칙적으로 되풀이되는 것을 말한다. 율동과 멜로디는 별개의 두 가지가 아니라 분리할 수 없는 하나이다. 그것은 영어 단어의 모음과 자음 소리가 한 행(行) 한 행(行) 서로 행마다 그네 타는 것과 같은 율동이 생기고 그로 인해 시의 멜로디(tune)를 만들어 주기 때문이다. 이런 특징은 시가 묘사하려는 바로 그 움직임(action)을 암시하고 시의 분위기(mood)를 형성하고 시가 전달하려는 생각을 분명히 해 준다.

역자가 되풀이 강조하는 점이지만, 시의 힘은 소리내어 읽을 때 비로소 그 시가 지닌 특별한 의미가 분명해지며 진가를 맛 볼 수 있다. 리듬과 소리는 시의 음악성을 이루기 위해 서로 돕는다. 시의 음악은 즐기는 것과 의미 전달을 강조하는데 도움을 준다. 시는 여러 가지 소리로 의미를 강조할 수 있다. 의성어, 의태어에서 보여 주듯 언어는 복잡한 현상이지만, 그래도 소리와 아이디어를 충분히 연결시

켜주는 역할을 한다.

언어는 강세와 열세의 리듬이 어느 정도 있다. 우리 한국어는 비교적 높낮이가 없는 편이지만 영어는 억양(intonation)이 강한 언어이다. 영시는 불규칙한 자유형(free verse) 또는 규칙적 운율형(metrical)으로 쓰여진다. 미터(meter)는 우리가 박자를 맞추는 것과 같다. 미터의 기본은 영시를 읽는 초보자에게 시의 리듬 효과를 더 잘 인식시켜 줄 수 있어서 이를 알아 둘 필요가 있다. 리듬과 미터는 구별 없이 사용될 때가 있지만, 두 개의 의미는 다르다. 리듬은 실질적으로 발음된 소리 또는 마음으로 듣는 소리의 흐름을 말하는 것이고, 미터는 그런 소리가 나오도록 도와 주는 언어의 패턴을 언급한다. 음악으로 말하면 실제 소리가 들리는 움직임은 리듬이라 하고, 그렇게 그려진 악보는 미터인 셈이다. 따라서 그려진 악보는 연주자의 해석에 따라 다양한 방법으로 음색, 음의 전체적인 기조(基調)가 달라질 수 있다.

거리나 무게, 크기, 시간 등을 잴 때 쓰이는 단위가 각각 있듯이 시를 잴 때는 음보(音步)/또는 운각(韻脚 foot), 행(行 line), 연(聯 stanza)의 단위를 사용한다. 음보/운각은 미터의 가장 기본 단위로 한 행에서 보통 강세를 둔 한 음절(syllable)과 약세를 둔 한 음절 또는 두 음절로 된 것을 가리킨다. 하나의 강 강세와 그와 결합된 하나의 약 강세, 또는 하나 이상의 약 강세들로, 한 행의 반복되는 율격 단위가 된다. 상대적으로 강한 강세가 있는 음절은 "강세가 있다(stressed)"라고 하고, 상대적으로 약한 강세가 있는 음절은 "강세가 없다

(unstressed)"고 한다. 시의 한 줄 한 줄을 행(line)이라 하고, 연 (stanza)은 2개 이상의 행을 말한다. 정형시의 운각은 음절이 규칙적 이다. 음절의 수에 따라 단보격(monometer) · 이보격(dimeter) · 삼 보격(trimeter) · 사보격(tetrameter) · 오보격(pentameter) · 육보격 (hexameter)이라 일컫는데, 이는 음악의 한 박자, 두 박자, 세 박자, 네 박자 등과 같다. 영시에서는 "The Eagle"(118)이나 "Stopping by Woods on a Snowy Evening"(156) 등의 시에서 보듯 사보격 (tetrameter)이 비교적 많이 쓰이는 영시 형태이다.

[혹자는 무운시(無韻詩 blank verse)와 자유시(free verse)를 혼 동할 수 있다. 셰익스피어의 극과 밀턴의 서사시는 무운시로 쓰였다. 무 운시와 자유시는 다르다. 무운시는 약강 오보격(iambic pentameter)의 미터를 사용한다. Blank라는 단어는 한 행(line)의 끝이 운(rhyme)이 없기 때문에 붙여진 명칭이다.]

워즈워스의 "My Heart Leaps Up"(174)을 한번 보자.

My heart leaps up when I behold	a
A rainbow in the sky:	b
So was it when my life began;	c
So is it now I am a man;	c
So be it when I shall grow old,	a
Or let me die!	b
The Child is father of the Man;	c
And I could wish my days to be	d
Bound each to each by natural piety.	d

한 행(line)의 끝나는 소리, 즉 운(rhyme)을 a, b, c, d로 표시할 때, behold(a), old(a), sky(b), die(b), began(c), man(c), Man(c), be(d), piety(d)로 표시해 본다. 시인은 이 시를 운율시(metrical verse)로 쓰고 있지만, 형식이 불규칙하다. 모든 행들은 첫째 음절은 약세이고 둘째 음절은 강세인 약강격(iambic meter)으로 쓰였으나, 이보격에서 오보격까지 다양하다. 운 구조(rhyme scheme)를 보면, 불규칙하게 a b c c a b c d d 형태로 되어 있다. 이 시의 불규칙한 형식은 시의 의미를 더 형성해 주고 있다. 즉 소리가 감각을 해석하는데 도움을 주고 있다. 시의 형식은 우연이 아니다. 왜 6행은 가장 짧고 9행은 가장 긴가? 왜 마지막 두 행은 서로 운이 맞는가? 운이 1행과 5행, 그리고 2행과 6행이 서로 맞는 것은 시의 전체 체험과 관련이 있다.

문학은 시, 소설, 드라마 등 장르에 따라 그 구조가 다르다. 시의 구조를 좀 더 자세히 이해하기 위해서, 설명이 길어지겠으나, 역자는 시의 전체 의미를 프로스트의 "Stopping by Woods on a Snowy Evening"(156)을 통해 살펴보고자 한다. 우리가 어떤 시를 처음 읽을 때는 우리에게 즉각 다가오는 첫 인상이 있다. 이는 문자 그대로의 단순한 감각(plain sense)으로 독자가 알아야 할 사실적 정보를 제공해 준다. 시의 이해는 여기서 시작하지만 여기서 끝나지 않는다.

우리에게 보여 주는 프로스트 시의 단순한 감각은 이렇다. 즉, 어두운 저녁 한 마리 말이 끄는 썰매/마차를 타고 집에 돌아오는 길에 아름다운 광경이 베푸는 평화와 고독을 즐기는 화자의 모습이다. 눈은 소복소복 쌓이고 숲은 손짓하며 그를 초대하고, 주위는 인적 없는

고요에 쌓여 있다. 그러나 날은 저물어 가고 갈 길은 멀고, 농가 한 채 보이지 않는 적막한 이 곳에 주인이 멈추는 까닭을 말은 알 수가 없다. 참지 못한 말이 주인의 경각심을 불러일으킨다. 이에 반응을 보인 주인은 그가 정한 약속을 지키려고 갈 길을 간다.

이와 같이 단순한 감각을 그려 볼 때 의문이 떠오른다. 위에 담긴 단순한 내용, 그 이상을 이 시가 의미하지 않는다면 더 이상 생각해 볼 필요가 있을까? 다른 각도에서 의미를 들여다볼 여지는 없는가? 이 시를 온전히 이해하려면 이와 같은 질문에 대답을 해야 한다. 이 시는 상징적인 아이디어를 표현해 주고 있다. 시 속의 화자는 왜 멈추는가? 왜 또 계속 가는가? 그는 눈이 내리는 자연의 아름다운 풍경을 보기 위해 멈춘다고 대답한다. 그리고 또 지켜야 할 약속 때문에 계속 머물러 있을 수 없다고 한다. 즉 해야 할 임무가 있어서 떠난다고 한다. 그는 순간적으로 아름다움에 대한 애정과 어깨에 짊어진 복잡한 요구 사이에 갈등한다. 이 작은 갈등이 인생의 커다란 갈등으로 상징된다. 예민하고 사려 깊은 화자는 아름다움을 즐기기 위해 평소의 삶을 포기하고 싶어한다. 그러나 다른 한편 더 큰 책임―최소한 인류에 대한 책임을 감지한다. 시 속의 화자는 두 가지 충동을 만족시키고 싶어한다. 그러나 이 두 가지가 충돌하게 되면 화자는 "약속"이 우선임을 암시하는 것으로 보인다.

이 시는 단순한 시처럼 보이지만 시를 읽는 초보자에게는 어려움을 안겨 준다. 우선, 시의 화자가 숲 속에 내리는 눈을 보려고 멈추는 모습은 아름다움을 감상할 줄 아는 감각적 인물로 드러난다. 그러

나 그는 춤추는 수선화 모습에 넋을 잃고, 눈을 감아도 떠나지 않는
황홀경에 심취해 있는, 워즈워스의 "The Daffodils"(180)의 화자와는
다르다.(이런 비교로 인해, 워즈워스의 시가 프로스트의 시보다 못하
다는 오해는 절대 없어야 한다.) 눈 속의 화자는 지켜야 할 약속 때문
에 더 머물고 싶어도, 내키지 않는 발걸음을 재촉한다. "약속"이란 단
어는 이 시에서 살짝 꼬인, 후회스런 아이러니를 보여 주지만, 여기에
는 독자들이 좋아하는 함축이 있다. 그것은 사람들은 보편적으로 약
속은 지켜야 할 것으로 알고 있다. 시인이 만약 그냥 "할 일"이 있다고
표현했으면 함축은 달라질 것이다. 시의 어조는 시인이 시 속의 화자
에게 동정을 보인다. 시인은 화자의 행동을 탓하지 않고 그의 뜻에 동
의해 주는 어조를 보인다. 마지막 두 줄은 반복됨으로써 강조되어 클
라이맥스를 보여 준다. "잠(sleep)"은 시에서 가끔 죽음을 가리키는
비유로 쓰이기 때문에 이 시에서는 상징적 암시가 있다. "죽기 전에
살아갈 여러 해"라는 해석을 받아들인다면, 이 시는 숲을 감상하기 위
해서 자신을 포기하는 것과 죽는 것 사이의 대비가 있다. 아름다움은
인생에서 채워져야 할 분명한 인간적 가치이지만, 임무나 의무를 저
버리고 아름다움을 추구하는데 헌신하는 것은 책임 있는 한 인간으로
써 죽음과 동등하다고 말하는 것으로 들린다. 시인은 따라서 약간의
후회는 섞여 있지만 그래도 화자의 선택을 받아들이고 있다.

　　시를 좀 더 자세히 읽어보면 프로스트는 시각과 청각을 통한 우
리의 상상력에 의존하고 있음을 보여 준다. "Woods"나 "horse" 같은
단어를 사용할 때 시인은 진짜 숲과 진짜 말을 보고 있는 우리의 상상

에 의존한다. 말이 "gives his harness bells a shake"라고 할 때와 "The only other sound's the sweep/ Of easy wind and downy flake"라고 할 때, 시인은 시 속에서 들려 오는 이런 소리들을 듣고 있는 우리의 상상력에 의존하고 글을 쓴다.

이미저리(Imagery)에 신비는 없다. 시에서의 이미저리 기능은 일상 생활의 이미저리 기능과 똑같다. 사물/물체의 구체적인 세계를 독자에게 보여 주고, 눈으로 보고 귀로 듣고 감각으로 느끼는 것을 상기시켜 준다. 이미저리를 갖고 시인은 시 속에 사람들을 담은 세계를 꾸미고, 우리로 하여금 우리가 일상 생활에서 체험하듯 직접 그의 세계를 체험케 한다. 이처럼 이미저리는 시의 기본인 셈이다. 프로스트의 시를 좀 더 자세히 읽어 보면 시인은 이미저리를 특별한 방법으로 사용하고 있음을 알 수 있다. "My horse must think it queer/ To stop without a farmhouse near"라고 할 때, 이 말(horse)은 평범한 말(horse)이 아니다. 더욱이, "He gives his harness bells a shake/ To ask if there is some mistake"라는 것을 보면, 이 말은 생각할 줄 아는 매우 특수한 말임을 알게 된다. 이 시를 이해하자면 단순한 감각에서 비유어로 옮겨 가야 한다. 첫째 연에서 화자는 혼자 있는 듯 보이지만, 화자 옆에 말이 있고 둘은 서로 갈등하고 있음을 우리는 감지한다. 인간의 특성을 부여 받은 말이 사람처럼 의미 심장하게 주인에게 도전한다.

이 시에는 다른 비유들이 있다. "The only other sound's the *sweep*/ Of easy wind and *downy* flake"에서 바람과 눈이 문자 그대

로가 아닌, 비유적으로 묘사되어 있다. "Sweep"이란 단어가 주는 이미지는 바람이 마치 빗자루로 쓸어내는 동작을 보이듯 우아하고 편안하게 곡선을 그리면서 움직인다. 눈은 어린 새의 보송보송한 털만큼 부드럽다. 왜 시인은 그가 의미하는 뜻을, 영어의 "soft"라는 형용사를 사용하여 "soft flake"라고 표현하지 않고 "downy"라고 쓰고 있는가? 일반적으로 쓰이는 단어 "soft"는 'soft steel', 'soft ice-cream', 'soft pencil' 등에서 보듯, soft라는 형용사만으로는 soft가 어느 정도로 soft한지 알 수 없지만, downy라는 단어를 사용함으로써 시인이 의미하는 soft의 성격이 정확하게 독자에게 전달된다. 이렇게 작가의 전달 방법은 추상적이 아니라 구체적이다. 부드러운 솜털에서 그만큼 부드러운 눈발로 이동시킴으로써 비유는 독자를 시 속에 끌어들여 시의 삶에 참여시킨다.

프로스트의 작은 말에게 돌아가 보자. 이 말은 농가 하나 없는 곳에 주인이 멈추는 것을 이상하게 생각한다. 그래서 그는 무언가 잘못이 있지 않은가 하고 묻는다. 주인의 비현실적인 감각에 도전한다. 작가가 어떤 것을 말하려고 또 다른 것을 대신 사용할 때 이를 상징이라고 한다. 말은 여기서 말의 감각을 대신하는 하나의 상징 역할을 한다. 그렇다고 모든 비유어가 상징을 가리키는 것은 아니고, 모든 상징이 비유어를 품고 있는 것도 아니다. 시 속의 말(horse)은 비유이면서 상징이다. 그러면 "woods," "promises", "miles"는 어떻게 쓰이고 있는가? 이 단어들은 비유로 묘사되지는 않았지만 상징도 아니다. 왜 말을 몰고 가는 사람은 눈이 쌓이는 숲을 지켜 보면서 갈 길을 멈추고 싶은 유혹을 받는가? 왜 숲을 "lovely, dark and deep"로 간주하는가? 약속은 누구와 한 약속이며 어떤 종류의 약속인가? "Miles"는 무슨 뜻이고 "sleep"는 지금 잔다는 말인가, 영원히 잠든다는 말인가? "어둡다(dark)"는 단어는 시에서 무언가 잘 알려져 있지 않은 것, 금지된 것, 비밀스런 것, 혹은 비극적인 무언가를 상징할 수 있다. 상징은 시의 전체 문맥에서 그 의미를 분명히 드러내 주고, 시의 전체는 시의 각 부분을 결정해 주고, 그리고 또 시의 각 부분은 시의 전체 의미를 결정해 준다.

　　프로스트의 이미저리는 인생의 상황을 우리에게 현실적으로 믿을 수 있게 한다. 말을 몰고 가는 사람은 무엇 때문에 멈추고 자연은 또 어떤 교감을 위해 그를 초대하는 것일까? 그의 길을 붙잡는 것이 부드럽게 내리는 눈과 숲 속의 평화로움인가? 사랑스럽고, 어둡고 깊은 숲이 번잡한 일상 생활을 떠나 "그 해의 가장 어두운 저녁", 그의 어깨에 짊어진 가장 무거운 짐을 내려놓으라고 하는가? 이 시를 죽고 싶어하는 마음을 그린 것으로 해석하는 독자들이 있다. 그러나 기록에 따르면, 1959년 4월 13일 아이오와 주립대학교에서 있었던 대중 강연에서, 시인은 "이 시는 죽음과 관련 없다(The poem is not concerned with death)"고 분명히 못박는다. 그렇다고 죽음의 문제/숙제를 시인이 풀어 준 것은 아니다. 말(horse)과 화자 사이의 긴장은 확실히 존재하지만, 이들이 삶과 죽음을 대표한다고 볼 수는 없다. 말(horse)의 극적 사용은 주인과의 갈등을 우리에게 보여 준다. 이 유혹에 굴복할 것이냐? 말이 흔드는 방울 소리는 그의 백일몽을 깨우고 결정을 요구

한다.

여기까지에서 이 시의 상징적 해석을 보면, "promises", "miles", "sleep," 이런 단어들이 문자 그대로의 사실이 아님을 말해 준다. 마지막 연은 다음과 같이 끝난다.

> The woods are lovely, dark and deep.
> But I have promises to keep,
> And miles to go before I sleep,
> And miles to go before I sleep.

말을 몰고 가는 화자는 계속 갈 길을 재촉하는 말(horse)에 동의한다. 왜냐하면 그는 죽기 전에 사회를 위해서, 인류를 위해서 이행해야 할 책임이 있기 때문이다. 비유적으로 해석할 때에 이러한 행들(lines)은 말을 몰고 가는 사람 안에서의 갈등이 해소되고 화해가 이루어졌음을 보여 준다. 이런 갈등은 대부분의 사람들이 공통적으로 경험하는 갈등으로, 프로스트의 시의 보편적 가치를 공감하고 인정하게 되는 이유이다.

이 시의 전체 의미를 위해서 프로스트가 사용한 또 다른 요소들이 있다. 그는 리듬과 운(rhyme)으로도 시의 의미를 전달한다. 따라서 그는 시는 소리내어 읽어야 함을 분명히 하고 있다. 시는 시인이 그의 시에 대한 자세/태도/뜻을 전달하려는 스피치(speech)요, 목소리(voice)요, 톤(tone)이다. 소리내어 시를 읽지 않을 경우, 놓치는 부분이 많다. 아주 오래된 시의 정의 가운데, 시는 "소리(sound)와 감각(sense)의 용해(fusion)"란 말이 있다. 18세기 영국의 시인 알렉산더

포프는 그의 「비평론(An Essay on Criticism)」에서 "소리는 감각의 반향이어야 한다(The sound must seem an Echo to the sense)"고 했는데, 바로 "the sound of sense"를 프로스트는 말하고 있다. 용해(fusion)란 단어는 단순한 기계적인 혼합이나 조합이 아니라, 소리와 감각이 서로 녹아들어 분리될 수 없음을 말한다. 소리와 감각은 떨어질 수 없다는 뜻이다.

소리내어 읽으면 각 행 안에 담긴 움직임을 듣고 느낄 수 있다.

Whose woods these are I think I know,
His house is in the village though.

앞서 밝힌바 있듯이, 각 행마다 박자가 네 개씩 있는 이 시는 사보격이고, 각 음보/운각(foot)은 2개의 음절/실러블(syllable)로 되어 있으며, 첫째 음절은 약세이고 둘째 음절은 강세이다. 이런 형식의 시를 일컬어 약강 사보격(iambic tetrameter)이라 한다.

프로스트의 운(rhyme) 구조를 들여다 보면 시인이 얼마나 의식적으로, 의도적으로 썼는지 알 수 있다.

… know	a	… queer	b	… shake	c	… deep	d
… though	a	… near	b	… mistake	c	… keep	d
… here	b	… lake	c	… sweep	d	… sleep	d
… snow	a	… year	b	… flake	c	… sleep	d

운의 목적 하나는 소리와 감각을 연결시켜 주는 것이다. 프로스트 시의 운 구조는 세 가지 중요한 결과를 보여 준다. 첫째, 4행으로 된 각 연에서, 마지막 연을 제외하고, 행 셋은 운이 같다. 따라서 소리와 감각이 매우 밀접하다. 둘째, 각 연의 세 번째 행은 항상 그 다음 연의 첫 번째 행과 일치한다. 따라서 소리는 한 연에서 그 다음 연으로 이어지는 감각을 돕는다. 셋째, 마지막 연은 4행의 운이 모두 같다. 따라서 소리는 화자 안에 있는 갈등이 해소되는, 마음 놓고 쉴 수 있는, 그런 편안한 기분이 들게 한다. 특히 "deep", "keep", "sleep"는 이 시의 중요한 상징으로 시 전체의 의미를 나타내 주고 있으며, 이는 결코 우연이 아니다.

많은 독자들로부터 사랑받는 프로스트의 조용하면서도 감명 깊은 이 시는 표면으로는 단순한 시골 풍경을 관찰하고 그린 묘사형의 시로 보인다. 이 시에는 모두 108개의 글자가 담겨 있다. 그 가운데 한 단어의 음절이 셋 있는 단어가 2개이고, 두 개의 음절로 된 단어는 19개, 그리고 나머지는 모두 한 음절로 된 단어이다. 가장 평범한 단어들로 쓰였으면서 매우 심오한 의미를 표현한, 지극히 소박하면서도 경건하고 명상적인 시이다. 여기에는 넘치는 감정도 낭비도 없다. 이렇게 작은 단어들로 이토록 의미 심장한 시를 쓰는 시인이 얼마나 될까? 셰익스피어의 저 유명한 『햄릿』 3막 1장의 "사느냐 죽느냐, 이것이 문제로다(To be or not to be — that is the question)"라고 하는 독백의 첫 행은 필경 영문학사에서 가장 유명한 대사일 것이다. 목적어도 없는 'be' 동사로만 되어 있는 이 문장은 더 이상 쉬울 수 없을 만큼 간단하지만, 이보다 더 심오한 글이 있으랴 싶다. 이처럼 대가들의 우아한 웅변은 감동적이고 놀랍다.

시를 여러 차례 읽고 나서도 여전히 무슨 얘기인지 모를 때가 있다. 경우에 따라서는 의도적으로 난해하게 쓰인 까닭일 수도 있다. 시, 소설, 드라마 등의 문학 장르의 구조는 각각 달라도 이들은 공통 분모를 갖고 있다. 특히 드라마에서처럼 시에서도 서로 대조되는, 상반된 이미지를 찾는 것은 시를 이해하는 하나의 좋은 방법이다. 인생에서 사람을 힘들게 하는 것이 무엇인가 자문해 보면 누구나 공통적으로 깊이 생각하는 문제가 있다. 그것은 삶과 죽음과 고통의 문제일 것이다. 요는 사람들이 행복하지 못하다는 사실이다. 사회적 폭력과 잔인성뿐만 아니라 우리에게는 개인적 고민거리도 많다. 한 마디로 우리를 괴롭히는 것은 우리 인생의 무질서 또는 이 세상의 무질서이다. 잔인하고 혼탁한 무질서한 세상에 버려진 느낌을 우리는 원치 않는다. 우리는 믿을 수 있는 친근한 세상에 안전하게 살고 싶어한다. 대부분의 시 안에는 한 쪽에 안전과 행복이 있고 다른 한 쪽에 걱정거리가 자리하고 있다. 모든 시가 물론 똑같은 이슈를 다루고 있지는 않지만 질서와 무질서의 체험은 모든 시에 담겨 있다. 프로스트의 "Nothing Gold Can Stay"(154)를 예로 들어 보자. 이 시는 단순하게 시작하지만 에덴 동산의 등장으로 분위기는 심각해진다. 불행과 행복의 긴장이 팽팽하게 맞선다. 아름다운 것, 좋은 것, 평안한 것이 영원히 지속된다면 그것은 낙원이다. 인간은 원죄로 인하여, 하나님 말씀에 불순종한 대가로 낙원을 상실했다. 아담과 이브는 그래서 슬프다.

더욱이 이들의 첫 아들 카인은 동생을 살해하였으니, 그 부모의 심정이 어떻겠는가! "So Eden sank to grief"— 그러니 에덴 동산은 슬픔에 젖고, 밝은 대낮은 어둔 밤으로 내려앉는다. 그러나 어둠만 계속되면 어쩌랴! 밤이 지나면 새벽이 동트고, "So dawn goes down to day"로 이어진다. 시 속의 꽃은 "But only so an hour"라는 표현대로 잠깐 피고 사라지지만, 피고 지고, 피고 지고를 계속한다. 시간이 주는 질서의 긍정적인 면과 파괴적인 면이 서로 팽팽하게 맞서면서, 오래 간직하고 싶은 좋은 것과 잃어버릴 수밖에 없는 시간의 힘 사이에 긴장이 있다. 이와 같이 서로 대비되는, 서로 반대되는 긴장 속에 시가 어떻게 쓰여졌는지를 보는 것도 시를 이해하고 즐길 수 있는 한 방법이다.

시 가운데는 사랑과 죽음에 관한 내용이 많은 것을 발견하게 된다. 그것은 우리가 죽음이라는 궁극적인 문제를 안고 살기 때문이다. 언젠가 우리는 누구나 죽게 되어 있다는 사실을 아이러니하게도 살아 있음이 확인시켜 준다. 생각하면 오싹하지만, 우리는 죽음을 약속받고 태어난 셈이다. 그래서 우리는 인생에서 무언가 의미 있는 것을 찾으려 하고 이를 필요로 한다. 그 긍정적인 것 중의 하나가 신에 대한 사랑과 인간에 대한 사랑이다. 따라서 죽음이 지배하는 세상에서 사랑과 죽음의 주제를 다룬 시가 많은 것은 당연하다.

시는 그렇다면 무엇인가? 시는 그 자체로서 필요한 요소를 갖추고 있는 "살아 있는 유기체(a living organism)"이다. 우리가 시를 읽는 이유는 시 안의 인간적 가치 때문이다. 시인, 화가, 조각가, 작곡가 등 모든 예술가는 최소한 인간의 내면 세계를 탐색하고 주어진 문명에서 살아 온 개인의 결과를 기록한다. 시는 시인이 접한 환경의 산물이고 그 환경에 대한 그의 가치 판단이다. 우리 시대 이전에 쓰인 시들은 따라서 그 시대의 인간 가치의 기록이다. 우리는 살아가면서 마주해야 할 세 개의 벽이 있다. 자기 자신, 자신이 몸 담고 있는 사회, 그리고 전 인류를 담고 있는 우주, 이 세 가지는 피할 수 없는 인간의 굴레이다.

지금까지의 내용이 영시를 이해하는데 도움이 되었으면 한다. 일반 독자를 위한 간편한 글을 의도했으나, 200자 원고지 백열 장 정도로 담아 내기는 벅찬 내용이다. 만약 독자의 만족을 채워 주지 못했다면, 역자가 이 글을 준비하면서 도움 받은 책 중 몇 권을 참고문헌 목록으로 소개하고자 한다. 독자들께서 의문 나는 점, 또는 부족하게 느낀 부분들을 채워 줄 수 있는 해답서가 되었으면 한다.

이명섭 편. 『세계문학비평용어사전』 을유문화사, 1991.

Arbuthnot, May Hill, Ed. *The Arbuthnot Anthology of Children's Literature.* Scott, Foresman and Company, 1961.

Arbuthnot, May Hill. *Children and Books.* Scott, Foresman and Co., 1964.

Arp, Thomas R. & Grey Johnson. *Perrine's Sound and Sense.* Heinle & Heinle, 2002.

Beach, Christopher. *The Cambridge Introduction to Twentieth-Century American Poetry.* Cambridge University Press, 2003.

Brooks, Cleanth & Robert Penn Warren. *Understanding Poetry.* Holt, Rinehart and Winston, Inc., 1976.

Lynch-Brown, Carol & Carl M. Tomlinson. *Essentials of Children's Literature.* Pearson, 2008.

Hernadi, Paul, Ed. *What Is Literature.* Indiana University Press, 1978.

Knickerbocker, K. L. & H. Willard Reninger. *Interpreting*

Literature. Holt, Rinehart and Winston, Inc., 1974.

Mayhead, Robin. *Understanding Literature*. Cambridge
University Press, 1965.

Mearns, Hughes. *Creative Power: The Education of Youth in the
Creative Arts*. Dover Publications, Inc., 1958.

Murfin, Ross & Supryia M. Ray, Eds. *The Bedford Glossary of
Critical and Literary Terms*. Bedford/St. Martin, 2003.

Paschen, Elise & Rebekah Presson Mosby. Eds. *Poetry Speaks*.
Sourcebooks, Inc., 2001.

Peck, John. *How to Study a Poet*. Macmillan, 1988.

Peck, John & Martin Coyle. *Literary Terms and Criticism*.
Palgrave Macmillan, 2002.

Siks, Geraldine Brain. *Children's Literature for Dramatization:
An Anthology*. Harper & Row, Publishers, 1964.

Walsh, Chad. *Doors Into Poetry*. Prentice-Hall, Inc., 1962.